El canto de los insectos

EL CANTO
DE LOS INSECTOS

Erika Notni

NOS
TRA
EDICIONES

El canto de los insectos
Erika Notni

Primera edición: Producciones Sin Sentido Común, 2022

D.R. © 2022, Producciones Sin Sentido Común, S.A. de C.V.
    Pleamares 54
    colonia Las Águilas
    01710, Ciudad de México

Textos © Erika Notni Llano
Ilustración de portada © Edna Suzana

ISBN: 978-607-8756-78-0

Impreso en México

La publicación de esta obra fue posible gracias al apoyo
de Daimler México, S.A. de C.V., Daimler Financial Services
y Freightliner México.

Edición y Publicación de Obra Literaria Nacional realizada
con el Estímulo Fiscal del artículo 190 de la LISR (EFIARTES).

A mi bisabuelo, Alfred Notni Wolf,
restaurador y afinador de pianos, quien
al llegar a México encontró la música
de los insectos en la selva.

A todos aquellos alemanes, gente buena,
que por su nacionalidad fueron tratados como
enemigos, perseguidos durante la Segunda
Guerra Mundial, sin importar que
ellos buscaran la paz.

A mis hijas, María y Regina,
por quienes empecé a escribir.

A mi papá, Alfredo Notni, quien me enseñó
a cerrar los ojos, para escuchar una tierra
llena de magia y de sorpresas.

ALEMANIA

Tras la toma de poder de los nacionalsocialistas, en enero de 1933, y con Adolf Hitler al frente, los nazis dieron comienzo a una política antisemita de persecución y eliminación del pueblo judío.

Son las seis de la mañana en Dresden, Alemania. Está amaneciendo. Las farolas se apagan una a una. Un taller de pianos es el único que parece no haber dormido. Sus dueños han trabajado durante toda la noche.

En este sitio, el color negro brillante de un piano sobresale de los anaqueles y cajones de madera de pino. El lugar está bien organizado. Las herramientas y brochas ocupan su lugar entre las cubetas de pintura, barnices y thinner. Unas partituras aguardan en un cajón acompañadas de un estuche en donde descansa una llave para afinar pianos. La luz de la mañana empieza a entrar por la ventana.

Alfred y su papá, Eric, hacen los últimos arreglos al piano. El joven aprieta los tornillos de un pedal mientras su papá pone las bisagras de la tapa que cubre el teclado. Las teclas negras y blancas perfectamente acomodadas son el resultado de varios meses de trabajo.

Eric se asoma por la ventana extrañado de que Moisés, su ayudante, no se haya presentado en toda la noche. Preocupado, Alfred dice que espera que no le haya pasado nada malo. Las agresiones de la Gestapo contra contra los judíos se escuchaban cada vez más.

Alfred limpia sus manos y sus gafas. Se asoma por la ventana tratando de ver si su amigo viene en camino. Al mismo tiempo, Moisés entra al taller. Algo en él no está bien. Musita mientras baja la mirada. Se ve asustado, apenas puede hablar. Su voz se entrecorta y su cuerpo tiembla. Al levantar la cara, Alfred y su papá se dan cuenta de que su rostro está golpeado, hinchado. La sangre va de su nariz a la barbilla y también su camisa está manchada. Hay marcas de heridas en su cuerpo.

Alfred no puede creer la golpiza que le han dado a su amigo. Asustado y preocupado, le pregunta quién le había hecho eso. Moisés balbucea unas palabras. Eric y Alfred lo escuchan tratando de entender, pero sus palabras parecen ahogarse en su garganta. Hasta después de un profundo respiro, puede comenzar a hablar:

—Fue la policía. A golpes, la SS me sacó de casa. Mientras me amenazaban con la pistola, me gritaban que me fuera de Alemania si no quería morir junto con los demás judíos.

A Moisés se le salen las lágrimas. Eric posa su mano en el hombro del muchacho. Sintiendo una gran impotencia, Alfred escucha atento a su amigo. Quisiera hacer algo en contra de la injusticia que se vive en Alemania contra los judíos, pero sabe que nadie pueda hacer nada mientras Hitler y la Gestapo sigan en el poder.

—Dicen que somos parásitos indeseables, escoria del pueblo alemán, pero nosotros no les hemos hecho nada —señala Moisés afligido mientras enseña a Alfred una estrella de David que lleva en la manga de su camisa.

—Nos están marcando como animales y a los que se defienden, les ponen una bala en la cabeza. Si me encuentran aquí, los matarán a ustedes y a mí.

Moisés cada vez se ve más asustado. Su corazón late con fuerza. Desea salir del taller para esconderse en donde la SS no lo pueda encontrar.

Alfred intenta detenerlo, quiere ayudarlo, pero Moisés no parece escucharlo. Eric interviene. Le ofrece un pequeño cuarto oculto que sus padres habían construido durante la primera guerra en la parte trasera del taller; sin embargo, el muchacho no lo acepta, no los quiere poner en peligro y se apresura a despedirse. Le da la mano a Eric y un fuerte abrazo a Alfred a quien muy probablemente no vuelva a ver. Éste, preocupado, lo ve irse corriendo por la acera.

Un grupo de jóvenes militares charlan al otro lado de la banqueta por donde corre Moisés. Uno de ellos lo señala mientras otro saca su pistola y le apunta. Ve por la mira y jala del gatillo. Se escucha un fuerte tronido. El proyectil sale sin piedad dirigido al corazón de aquel judío cuyo único error es pasar frente a ellos. Un juego de tiro al blanco.

Alfred ve caer a su amigo en la calle y corre hasta él. El cuerpo sin vida se cubre de sangre. El charco que deja escurre gota a gota por la banqueta.

Las risas burlonas de los militares que festejan llegan a oídos de Alfred. Uno de ellos, orgulloso, imita el disparo de su compañero. Alfred no puede contenerse y se deja ir a golpes contra el asesino que sigue con la pistola en la mano, hasta que un culatazo en la cabeza lo deja sin conocimiento. Los militares siguen su camino entre bromas y risas, mientras el asesino, antes de alcanzar a sus compañeros, da una patada furiosa a Alfred, quien permanece inconsciente en el suelo.

Eric sale del taller y ve en el suelo boca abajo a Moisés. Busca a su hijo y también lo ve tirado del otro lado de la acera. Corre hacia él. Cree que está muerto. Lo levanta entre sus brazos, le da unos golpes en sus mejillas y éste, poco a poco, va recuperando el conocimiento.

Al abrir los ojos, Alfred está recostado en el sofá del taller. Eric sabe que la SS no tarda en tocar a su puerta. Su hijo ha agredido a un militar y defendió a un judío. Alfred se sujeta del brazo de su padre y logra sentarse en la silla frente al piano. Mira las teclas e intenta tocar el comienzo de una melodía, mientras las lágrimas recorren sus mejillas. No puede, su mejor amigo está muerto y lo han asesinado por diversión. Triste y enojado, azota la tapa del piano con fuerza.

Eric se cerciora que la cerradura de la puerta del taller esté bien cerrada. Se acerca a su hijo para limpiar la herida en su cabeza.

—Fue un juego para ellos —dice Alfred con angustia.

—Quisiera decirte algo, pero ni yo mismo entiendo. Esos discursos de Hitler a los jóvenes parecen haberlos vuelto locos.

Eric saca del bolsillo de su saco un papel doblado y se lo entrega a Alfred. Él lo lee. En las líneas dice que necesitan a un afinador y restaurador de pianos en México.

—¿Qué es esto, papá, no entiendo?

—Quiero que te vayas a México. El dueño de la tienda de pianos es mi amigo y me envió esta carta. —Alfred va a objetar, pero su padre lo interrumpe.

—No puedes seguir aquí, te van a matar.

Eric se acerca a una cómoda, saca un estuche y se lo entrega a Alfred. Al abrirlo, el muchacho se da cuenta de que es la llave para afinar pianos de su papá.

—Hijo, ahora es tuya. Cuídala, la vas a necesitar.

Alfred saca la llave del estuche, la mira detenidamente y ve que en el mango de metal hay tres marcas, son de los miembros de la familia que la han usado. Eric se acerca con un punzón y hace una marca más.

—Ahora es tuyo.

Alfred se hace el fuerte, pide a su papá que se vaya con él. Pero Eric no puede, ya está viejo para un viaje como ése.

De repente, se escuchan golpes en la puerta. Con rapidez, Alfred se pone su chaqueta y su gorra, toma el maletín que le acaba de dar su papá y se despide de él con un fuerte abrazo. Eric saca dinero de un cajón, lo pone en la cartera de su hijo y se quita unas mancuernillas de oro de los puños de su camisa y se las da.

—Ve a casa de los Miüler, dales las mancuernillas y diles lo que pasó, ellos te van a ayudar a salir de Alemania.

Los golpes a la puerta son más insistentes, parece que van a tirarla. Alfred se escapa por la parte trasera del taller. Eric cuenta hasta diez y abre la puerta. Son tres policías de la SS acompañados por el joven militar que ha matado a Moisés. Eric, guardando la compostura, les pregunta si se les ofrece algo. Uno de los policías voltea a ver al joven militar y le pregunta si ése es el lugar.

—Sí, aquí vive el bastardo que me golpeó cuando me deshice de esa escoria judía.

Eric finge no entender.

—Te equivocas, yo estoy solo.

Uno de los policías da la orden para que busquen. Entran a los pequeños cuartos de trabajo del taller. Uno de ellos admira el piano de cola que están por entregar. Pasa su mano por las teclas, distrayéndose del motivo que los tenía ahí. Eric le ofrece la oportunidad de tocarlo, ganando tiempo para que Alfred se aleje lo más posible. El policía no puede desperdiciar esa oportunidad y acepta gustoso. Se sienta como un profesional y toca una vieja canción alemana. Al acabar agradece a Eric y ordena a los demás policías que busquen en otra casa. Enojado y refunfuñando, el joven militar azota la puerta detrás de él. Eric da un respiro de tranquilidad.

Alfred llega a casa de los Miüler, quienes lo esconden hasta el día en que puede embarcarse a México.

EN LA CIUDAD DE MÉXICO

Apurado, Alfred camina entre la gente, por las calles de la Ciudad de México. En su mano izquierda lleva el estuche y con la derecha se detiene el sombrero. Los grandes coches van por la avenida del centro. Se detiene frente a una librería y entra. Mira los altos libreros de las cuatro paredes y se acerca a un joven vendedor que coqueto atiende a una jovencita. Apenas si habla unas cuantas palabras en español y aunque le hace señas para llamar su atención, el vendedor sigue sin hacerle caso. Alfred mira su reloj impaciente.

—¡Por favor, señor!

El encargado lo mira de mala gana.

—¿Qué busca?

Alfred pide un diccionario, pero su pronunciación del español es mala. El vendedor enojado por haberlo distraído de su conquista lo hace repelar.

—No entiendo, ¿qué dice que necesita?

Alfred repite que un diccionario. El encargado le señala la esquina izquierda de la librería y continúa su plática con

13

otra joven. Alfred se acerca al espacio en donde están los diccionarios, hojea uno y lo deja en el librero, después hojea otro. Cada vez se ve más apresurado, elige el primero, parece estar más completo. Se apura a pagar. Sale de la tienda con el diccionario dentro de una bolsa de papel. Vuelve a mirar el reloj y se da cuenta de que se le ha hecho tarde. Corre por las avenidas hasta llegar a una tienda de pianos, se acomoda el sombrero y entra. Roberto, el dueño, ya lo espera. Él es fornido, como de cincuenta años, cejón, de poco pelo y con una mirada bonachona. Alfred lo saluda de mano. Roberto contesta el saludo gustoso de verlo. Alfred es el hijo de su viejo amigo Eric, a quien había conocido años atrás en Alemania en una exposición de pianos.

Eric y Roberto llevaban mucho tiempo de no verse, pero que Alfred estuviera ahí era como si su amigo lo hiciera.

—Qué bueno que llegaste, muchacho, yo estimo mucho a tu papá. Tenemos mucho que platicar, pero ya tendremos tiempo.

Alfred mira a Roberto, no entiende ni una palabra de lo que dice. Éste le hace una seña con la mano para que lo siga. Ambos entran en una bodega iluminada por la luz de un domo. Al fondo se puede ver un piano de color blanco que llama la atención a Alfred, es imponente y hermoso. Cualquier pianista se sentiría halagado por tocar en él. El muchacho no lo pierde de vista. Roberto al verle la cara sonríe.

—¿Verdad que es una belleza?

Alfred abre la tapa, toca las teclas que dan un martilleo a las cuerdas. Lo escucha detenidamente cuando Roberto lo distrae.

—Tienes cuatro semanas para detallarlo, afinarlo y entregarlo. —Alfred busca en el diccionario las palabras y asiente con la cabeza.

—Bueno, muchacho, es todo tuyo, a trabajar.

Roberto sale de la bodega dejando a Alfred frente al piano blanco, su nuevo reto. Tiene que apurarse si quiere acabar a tiempo.

Alfred cuelga su sombrero y saco en un perchero de madera, se remanga la camisa, quita la tapa que cubre el herraje y la coloca recargada en la pared. Desmonta algunas teclas y cuerdas que están maltratadas o que ya no suenan bien por el desgaste. Uno a uno, todo lo va colocando sobre un paño verde que está sobre la mesa de trabajo: cuerdas, tornillos de diferentes tamaños, tuercas, teclas blancas y negras. Es un rompecabezas que Alfred arma con mucho cuidado para que la sutileza del sonido del piano no se pierda en un torpe apretón o en el desgano de un ajuste. La noche cae y la luz de la bodega ya no es suficiente. Alfred dobla el paño, se pone su saco y sombrero, da un último vistazo al piano y cierra la puerta de la bodega detrás de él.

El muchacho, en una habitación que han dispuesto para él, se sirve una taza de café de una cafetera vieja que está en una parrilla y se sienta frente a una pequeña mesa de comedor en donde está el diccionario que compró. Lo abre con curiosidad y dice en voz alta algunas palabras que forman frases que él podría llegar a necesitar. Algo lo distrae, se trata de un retrato que está en el buró de la cama. Alfred lo toma con cariño y nostalgia. Es él de niño afinando un piano, su papá está a su lado sonriendo orgulloso. El recuerdo de ese día le llega como si lo estuviera viviendo en ese mismo momento. Repite una a una las palabras de su padre. "Alfred, pon tu mano sobre él teclado. Escucha el sonido. Toca cada una de sus notas con cuidado y deja que te hablen al oído". Alfred recuerda como él de niño acerca su oído al piano. "¿Ahora qué hago papá?". "Pon la llave en el herraje de la cuerda y dale vuelta con cuidado. En un suspiro de paciencia, estará afinado". Alfred hace lo que dice su papá. Toca la tecla de la nota do, la escucha, gira la llave y con paciencia la afina. "¡Lo lograste!, el sonido es claro. Siempre recuerda, mucha paciencia, Alfred".

El recuerdo se esfuma. El muchacho vuelve a poner la fotografía en el buró mientras en voz alta le dice a su padre que lo extraña. Al día siguiente y una vez en el trabajo, pone y quita piezas del paño verde. Con desarmadores de diferentes tamaños aprieta o afloja algunos de los tornillos según se necesite. Lleva toda la mañana frente al piano cuando Roberto entra en la bodega. Trae una torta y un café para el joven, sabe que no ha comido y ha visto por la ventana de la bodega que no ha parado de trabajar. Alfred acepta la comida, y con unas palabras que aprendió la noche anterior en su diccionario, le dice a Roberto:

—Muchos gracias, señor.

Roberto jala una silla y se sienta a su lado, haciéndole compañía mientras come.

—Alfred, ¿te has de sentir solo sin tu familia?

El muchacho le pone atención sin importar que no entienda ninguna de las palabras que salen de la boca de Roberto. —Yo te voy a enseñar español, si tú me enseñas a afinar pianos.

Alfred le contesta en alemán. Le da las gracias por la comida. El diálogo parecía no estar llegando a nada, era algo incomprensible para quien los hubiera escuchado, pero lo que expresaban con gestos era un nuevo idioma entre los dos.

Los días pasan. Roberto le enseña español a Alfred y Alfred muestra a Roberto cómo afinar pianos. Su pacto pasa de ser de trabajo a ser un acuerdo entre dos buenos amigos.

Aquel intercambio puede ser gracioso cuando se trata de Roberto, porque, por más que acercara su oído a las teclas, no escucha la diferencia entre el sonido de una y de otra nota, y cuando trata de meter la llave en el herraje la gira con brusquedad. La mayoría de las veces la aprieta de más y la llave sale volando y cae al suelo en un golpe que hace sonar el piso de madera de la bodega.

En ocasiones, Alfred quiere darse por vencido, pero al ver al bonachón de Roberto hacer su mayor esfuerzo, éste le saca tal sonrisa que continúa enseñándole. Hasta los dos se ríen cuando las cuerdas se revientan.

El buen oído de Alfred lo lleva a aprender rápidamente español, a las pocas semanas ya lo habla. Las charlas entre los dos amigos se hacen cada vez más largas y entusiastas aunque el muchacho rehúye los temas de Alemania y la guerra.

Roberto distingue la tristeza en su mirada e intenta indagar el motivo. Uno de esos días, invita a Alfred a tomar una cerveza después del trabajo. En la esquina donde se ubicaba la tienda de pianos hay una cantina en donde se juntan los empleados de los alrededores. Ambos se sientan en una pequeña mesa cercana a la ventana desde donde puede ver pasar a la gente.

Roberto invita la primera ronda. El mesero llega con dos tarros escurriendo espuma. Los dos tienen sed y en pocos tragos los dejan vacíos. La segunda ronda corre a cuenta de Alfred. Esta vez se toman la cerveza en pequeños sorbos disfrutando su sabor. Roberto sabe que era un buen momento para preguntarle la razón por la que había llegado a

México. Alfred es reservado y le cuesta trabajo empezar con su historia. Da un sorbo a su bebida y dice:

—Ese día teníamos que entregar un piano. Estábamos apurados, era tarde. Mi mejor amigo no había llegado a trabajar. Cuando por fin llegó, estaba golpeado y llevaba una estrella de David cosida a su ropa, era la marca que les ponían a los judíos para señalarlos como indeseables. Él sabía que su vida corría peligro. Una vez que salió del taller, un militar muy joven le disparó en el pecho. Murió al instante, mientras el asesino se divertía con sus compañeros.

Alfred hace una pausa y su mano tiembla al levantar el tarro de cerveza. Da un largo trago. Roberto lo escucha con atención.

—Mi amigo murió frente a mí. Yo quería que pagara el culpable y me fui sobre él, pero de un cachazo de sus compañeros caí al suelo sin conocimiento. Ese día salí huyendo de Alemania. La SS me estaba buscando por agredir a uno de los suyos en defensa de un judío. El odio de Hitler a los judíos se contagiaba y muchos de los alemanes se habían convertido en soplones que entregaban a sus vecinos, esos mismos que habían sido sus amigos. ¡Crédulos del movimiento nazi!

Alemania buscaba la guerra y no iba a parar hasta conseguirla. Roberto no se imaginaba que las cosas estuvieran tan mal.

—Temo por mi papá. Quisiera estar con él, pero no me deja —dijo Alfred consternado.

Roberto siente un escalofrío. Ya se había vivido la Gran Guerra y otra sería devastadora. Tratando de aligerar el momento, Roberto levanta su tarro diciendo:

—¡Qué viva la paz! ¡Salud! —Y dio un trago a su cerveza. Alfred también levantó su tarro y brindó.

Las semanas pasan. Alfred hace todos los ajustes al piano de cola, sólo le falta afinarlo para entregarlo. "Mucha paciencia", recuerda las palabras de su padre, mientras abre el estuche que él le dio tiempo atrás. El olor del terciopelo en donde descansa la llave era el de su Alemania. Alfred saca la llave para afinar, la toma con la excelencia de un artista. La bodega está en completo silencio. El joven se sienta frente al piano y toca cada una de las teclas, las desafinadas brincan a su oído, las percibe de inmediato. Pone la llave en el herraje de la cuerda de la nota la, acerca su oído y con detenimiento gira la llave. Después toca si, que suena afinada. En el reloj de la pared se ven pasar las horas. Alfred sigue, mete la llave en el herraje de fa, la gira mientras escucha con atención el sonido de la tecla. Mete y saca la llave de otros herrajes. Las teclas se escuchan cada vez mejor. Sólo falta una, y al apretarla comienza a tocar una melodía para comprobar que ha terminado su trabajo. Roberto lo escucha desde su oficina, sabe que Alfred ha acabado su trabajo con el piano de cola.

Por la ventana de la bodega entra la luz de un farol de la calle. Alfred se levanta y enciende una luz mientras guarda la llave en su estuche. Se pone su sombrero y su saco. Se ve cansado, sabe que ese piano va a ser entregado y su dueño va a estar satisfecho por su buen trabajo. Preocupado, Roberto entra a la bodega y le pide al muchacho que lo acompañe a su oficina, éste no entiende qué pasa. Roberto siempre está de buen humor, pero ese día se ve serio.

—¿Qué pasa, Roberto, necesitas algo?
—Mira esto.

Roberto le muestra un periódico. En letras grandes dice "México declara la guerra a Alemania". Alfred palidece.

—Mi país y tu país están en guerra.

—Sí, muchacho, estamos en guerra —dice Roberto mientras posa su mano en el hombro de Alfred.

"Eso no traerá nada bueno", piensa Alfred, entiende que, como lo hizo antes, es posible que deba irse a otro lugar.

En México, pronto se empiezan a detener a alemanes, japoneses y algunos italianos sospechosos de espionaje. Las malas noticias llegan a oídos de Roberto:

—Alfred, tienes que irte, los militares vienen para acá, alguien les dijo que un alemán trabajaba aquí —dice Roberto al tiempo que le entrega un poco de dinero—. Lo vas a necesitar, muchacho. Cuídate.

—Gracias, Roberto —responde Alfred al tiempo que se pone el sombrero y el saco, y toma el estuche con la llave.

—Vamos, apúrate, vete ya.

Alfred se levanta el cuello del saco y sale de la bodega, pocos minutos antes de que unos soldados entren en la tienda de pianos. Roberto va a su encuentro, parece estar tranquilo. Espera a que Alfred esté lo suficientemente lejos para hacer tiempo y que los soldados no lo vean.

—¿Qué se les ofrece?, ¿quieren un piano? —bromea Roberto.

El oficial contesta recio y sin rodeos:

—Sus vecinos nos informaron que un alemán trabaja aquí y venimos por él.

La puerta de la tienda está abierta, la gente que camina por la acera se detiene curiosa para ver qué está pasando.

—Se fue hace unos días, no le gustó el trabajo.

—¿Está seguro? Sabe lo que les pasa a los encubridores.

—Por qué les iba a mentir, yo también quiero que atrapen a los espías.

—Si lo vuelve a ver de aviso, estamos en el cuartel.

Distraído, Roberto asienta con la cabeza mientras ve que suben a cinco alemanes en un camión. Son un joven, tres hombres mayores y un anciano que está tosiendo. No se ve bien. Roberto sale de la tienda con un vaso de agua para el viejo. No entiende qué mal puede hacer esa gente a México. Regresa de sus pensamientos y pregunta al oficial a dónde los llevaban.

—A un campo de retención en Perote, Veracruz. Desde ahí no podrán hacer nada contra nosotros —contesta el oficial mientras otro revisa una lista y da la orden de retirarse.

—Aprisa, que ya tenemos detenidos a un grupo de maestros en el Colegio Alemán.

Dos soldados se suben en la parte trasera con los detenidos y los otros dos en la cabina del camión. El viejo apenas si puede regresar el vaso a Roberto cuando el camión arranca.

—A dónde vamos a parar con todo esto. ¿Un campo de retención en México?, en verdad el mundo se ha vuelto loco —Roberto se dice mientras observa al camión irse con los alemanes. Eran hombres fuertes con una mirada triste.

UN VIAJE A LA SELVA

EL AUTOBÚS ESTÁ POR SALIR rumbo a Nuevo Durango, Quintana Roo, cuando Alfred llega a la estación. Sin importar que aquel lugar es desconocido para él, es su única oportunidad para escapar de la Ciudad de México y de la persecución de los militares. Se forma en la fila de la taquilla. Para que no lo delate su cabello rubio, casi blanco, se acomoda el sombrero cubriéndolo. Frente a él está una señora robusta con sus tres hijos, dos adolescentes y un chiquillo que está tomado de su mano. Los juegos bruscos entre ellos no se hacen esperar e incomodan a todos en la fila. Sin importarle el tiempo de los demás, la mujer formula una serie de preguntas inútiles al taquillero demorando el avance en la fila, y, en consecuencia, la huida de Alfred.

—Dígame, señor taquillero, ¿sabe usted si el chofer durmió bien anoche? No vaya a ser que le gane el sueño y acabemos chocando contra un árbol o atropellando una vaca y, ¡ni lo mande Dios!, que el camión quede patas para arriba.

La señora es algo folclórica y se persigna cada vez que dice esas cosas. El taquillero la escucha mientras Alfred respira nervioso.

Al perder la paciencia, el taquillero entrega los boletos a la señora para ver si así se hace a un lado, pero a ésta le faltan unas monedas. Alfred, impaciente, saca un billete para completar la tarifa y se lo da al taquillero. La señora agradecida se presenta:

—Me llamo Chona, ¿y tú, güerito? —Alfred no contesta y se acomoda el sombrero—. Qué pena, güerito, que me haya tardado, pero hay que preguntar, ¿no crees?, no queremos que nos pase nada. Dios guarde la hora.

Alfred por fin puede comprar su boleto. La puerta del camión se abre y, molestos, los hijos de la señora suben corriendo, mientras ella les grita que le aparten lugar.

Alfred observa cómo unos soldados se acercan al camión y, nervioso, quiere subirse lo antes posible, pero Chona se ha atorado en la puerta, pues lleva a su hijo de la mano y una canasta en la otra. Alfred no puede creer lo que ve, no sabe si reír, enojarse o correr. Los soldados cada vez se ven más cerca. En un acto desesperado se ofrece a cargar la canasta a Chona. Detrás de ellos hay un joven que les dice de forma impaciente que se muevan. Alfred aprovecha la situación y apura a Chona para que suba al camión justo cuando los soldados pasan.

La familia de Chona está sentada en los asientos traseros del camión. Alfred les entrega la canasta y acomoda el saco y el estuche en el portaequipaje. Al buscar un asiento se da cuenta de que el camión está lleno y sólo quedan los dos asientos que están frente a esa mujer y sus hijos. No sabe si es buena idea, pero no tiene otra opción, así que se acomoda frente a ellos.

El chofer cierra la puerta y arranca. Mete primera y la caja de velocidades rechina, mete segunda y vuelve a rechinar. En la tercera, el camión parece sentirse libre para el viaje a Nuevo Durango, que ha comenzado. Alfred respira esperando que el lugar al que se dirige lo mantenga escondido y seguro.

De la canasta, Chona saca cuatro tortas. Las reparte a Juan, Pedro y Pepe, sus hijos, quienes las disfrutan dándoles sendas mordidas. Juan y Pedro piden que se les guarde otra para el camino. Chona mira dentro de la canasta y ve que aún le quedan cuatro tortas. Son suficientes, así que saca una y toca el hombro de Alfred, quien voltea. Una mano con comida viene del asiento trasero al suyo.

—¿Quieres una, güerito? La necesitas, mira qué flaco estás.

Alfred esconde su cabello bajo su sombrero y agradece la torta, tiene hambre, no ha probado alimento desde la mañana que salió huyendo de la tienda de pianos. Disfruta su torta. Cuando va a darle la segunda mordida se da cuenta de que el hijo pequeño de Chona está parado a un lado de su asiento y lo mira con curiosidad.

—¿Por qué tienes el pelo amarillo? —pregunta Pepe.

Alfred nervioso se vuelve a acomodar el sombrero.

—Mira, mamá, el señor tiene la cabeza amarilla.

—Sí, ya lo había visto. Está raro, ¿verdad?

Juan, el mayor de los tres hermanos, encuentra a quién molestar.

—Sí se ve raro. A ver güerito, enséñanos.

Algunos de los pasajeros ya han empezado a mirar. Chona, al ver la incomodidad en Alfred, llama la atención a Juan seguido de un sape.

Alfred no hace caso a Juan; encogido de hombros se

voltea a la ventana ignorando a Pepe, quien, curioso, sigue parado a su lado.

El camión se sacude por el camino con baches.

—Chiquillo travieso, ¡ya vente a sentar que te vas a caer! Deja al güerito en paz —dice Chona a Pepe, quien regresa a su asiento junto a Chona, aunque no deja de ver a Alfred intrigado por su color de cabello.

Pasa el tiempo y los rayos del sol se reflejan en los asientos. Las ventanas del camión están abiertas. El viento corre tratando de refrescar a los pasajeros; en ese momento, el calor parece insoportable. Juan y Pedro están dormidos uno recargado en el otro. Chona ronca. Pepe duerme recargado en la ventana. Su cabello está mojado de sudor. Las curvas hacen que el camión se mueva de un lado al otro.

Alfred parece ser el único despierto. En su diccionario coteja algunas palabras dichas por Chona. Su dedo recorre líneas de una hoja hasta llegar a una palabra. *Chamaco* quiere decir niño. Después pasa varias hojas más hasta llegar a la letra T, descubre el significado de la palabra *travieso* y sonríe. Pepe era un niño inquieto y sí que lo era.

Alfred se divierte conociendo todas esas palabras que de solo pronunciarlas sonaban interesantes. Mientras pasa las hojas, algo que entra por la ventana golpea su mejilla y cae al lado en el asiento vacío. Se escucha un sonido, el canto de un insecto tan fuerte que parece que despertará a algunos de los pasajeros. Sin embargo, éstos sólo se acomodan en sus asientos como si el sonido los arrullara.

Alfred, intrigado, empieza a buscar al insecto. Al encontrarlo se da cuenta de que es una cigarra. En los bosques de Alemania las hay, pero nunca había visto una de ese tamaño. Su canto era fuerte y hermoso. Su cuerpo es una caja acústica como la de los pianos. De repente, Alfred siente la mirada de Pepe. Da un brinco de sorpresa cuando el niño le pregunta qué trae en las manos. Cierra el puño y la cigarra queda escondida entre sus dedos.

—No es nada, vete con tu mamá.

—Mamá, ese señor trae un bicho y no me lo quiere enseñar.

Chona con las trenzas desarregladas y medio dormida pregunta:

—¿Y ahora, qué pasa Pepe?

—Ese señor trae un bicho y no me lo quiere enseñar.

En eso despiertan Juan y Pedro. El primero aprovecha nuevamente para bromear a Alfred.

—Sí, güerito, enséñanos.

—Yo también quiero ver, dijo Pedro.

La voz del chofer se escucha diciendo a los pasajeros que están por llegar.

Alfred saca un dulce del bolsillo de su pantalón y se lo da a Pepe. El chiquillo olvida la cigarra.

Pedro y Juan esperan impacientes a que el camión se detenga. En cuanto lo hace, los chicos atropellan a los pasajeros en el corredor, quienes bajan sus cosas del portaequipaje. Quieren ser los primeros en bajar en la estación Nuevo Durango.

LA PENSIÓN DE MAMÁ CHONA

ALFRED DEJA IR LA CIGARRA POR LA VENTANA, acomoda los tirantes de su pantalón. Sin preguntar, toma la canasta de Chona para ayudarla, y camina detrás de ella y de Pepe hasta bajar del camión. Estira las piernas y los brazos, mientras ve un letrero de madera que dice "Nuevo Durango". Alfred detiene a un joven que pasa frente a él para preguntarle si conoce algún lugar para hospedarse, pero éste no hace caso y se sigue de frente correteando a una jovencita.

Chona escucha lo anterior y le ofrece a Alfred que se quede con ellos en su pensión. Él titubea, pero al ver que Pepe lo toma de la mano, siente el gesto como una señal y acepta. Chona, en su papel de anfitriona, dice a sus hijos mayores que ayuden a Alfred con su equipaje. Los jóvenes lo revisan y Juan con un toque de sarcasmo dice:

—Si éste no trae nada, pus ¿qué quieres que carguemos? ¿Y tu maleta, güerito? —Alfred muestra el estuche y su saco.

—No te preocupes, güerito, mi comadre la Rosa tiene una tienda de ropa, hay veces que casi no tiene nada, pero hay veces que tiene más de diez cosas.

Alfred sonríe y piensa si diez son muchas, qué será cuando casi no tiene.

Ya que el muchacho sería inquilino, era momento de las presentaciones.

—Hace rato que te pregunté tú nombre, güerito. No me contestaste —dice Chona.

—Soy Alfred.

A Chona parecía no gustarle el nombre, ya se había acostumbrado a decirle *güerito*.

—¿Te molesta si te sigo diciendo güerito?

A Alfred no le gusta la idea, pero al ver la sonrisa de la mujer acepta con un movimiento de cabeza. Juan, ni tardo ni perezoso, se da cuenta de la manera en que podía molestarlo y con mala intención y tono burlón añade:

—Anda, güerito. Vamos, ¿qué no ves qué tengo hambre?

Alfred, enojado, quiere contestar a Juan, pero lo interrumpe Chona:

—Yo soy Chona, pero si quieres me puede llamar Mamá Chona, todos me dice así.

Después de presentarse, señala a cada uno de sus hijos mientras dice sus nombres.

—Él es Juan, el otro es Pedro, igualito a su papá, y el más chiquillo es Pepe. Todos son mis chamacos.

Alfred, de manera educada, se acerca y saluda a Pedro. Se agacha para saludar a Pepe. Al saludar a Juan, éste retirara la mano, en son de broma. Pedro y Pepe sonríen cómplices con Juan.

—Ay, Juanito, tú siempre tan bromista. No le hagas

caso, güerito. —Chona le echa una mirada amenazante a su hijo.

Caminan por la terracería. El pueblo es colorido y pintoresco. Alfred ve con gusto las cornisas adornadas con flores cuando Chona y sus hijos se detienen frente a una casa amarilla que en la entrada tiene un letrero poco discreto en color azul brillante que dice: "Pensión de mamá Chona".

Pedro y Juan entran corriendo a la casa mientras que Pepe lleva de la mano a Alfred a su habitación. El niño le extiende la mano a éste para que le de un dulce. Alfred busca en su bolsillo y encuentra uno. Los ojos de Pepe se hacen grandes e impaciente saborea el dulce que está por recibir. Chona, que va detrás de ellos, ve lo que pasa y da un pequeño coscorrón a Pepe.

—Chamaco pedinche, dame ese dulce.

Pepe se mete el dulce en la boca y se va corriendo, antes de que su mamá se lo pueda quitar.

—¡Chamaco, vas a ver cuando te agarre!

Chona entra en la habitación saca de una cajonera una toalla y un jabón para entregarselos a Alfred. Después descuelga una hamaca, la estira y la cuelga en un gancho que está en la pared de enfrente. Alfred mira intrigado lo que hace, nunca había visto una hamaca.

—Aquí vas a dormir muy cómodo. Es la mejor hamaca de la casa.

El joven no entiende.

—¿En eso voy a dormir? —incrédulo pregunta Alfred.

—Sí, güerito, si no, te picarán los bichos que están en el piso y eso no te va a gustar.

Chona sube de un brinco a la hamaca que se columpia un poco, y de otro brinco se baja.

—Si necesitas algo, voy a estar en la cocina.

Alfred pone el estuche en una mesita. De la bolsa de su saco saca la fotografía de su papá y la pone sobre un viejo escritorio. Revisa la hamaca. Intenta subirse, pero se le voltea y cae al suelo. Se agarra de la hamaca para levantarse. Lo intenta de nuevo, pero ahora se sube de forma transversal y logra acostarse en ella. Se mece descansando después de un largo día de viaje. Las cortinas de la ventana que están abiertas se mueven por el viento. Cae la noche y la música de los insectos se empieza a escuchar.

Emocionado, trata de distinguir de dónde viene el sonido. Se encamina hacia la selva, de donde supone que proviene. Se puede ver una luna creciente en el cielo. En la oscuridad de la noche, las luciérnagas se prenden y apagan. Alfred se recuesta en las hojas y cierra los ojos mientras mueve sus manos como si tocara un piano, siguiendo la música. Por entre las hojas se alcanza a ver la silueta de alguien que lo espía. Es Alitzel, quien sale de su escondite y se acerca poco a poco con curiosidad. Ella pisa una rama y llama la atención de Alfred, quien abre los ojos para encontrarse con la mirada de la chica. El joven, sorprendido, se levanta y sacude las hojas que trae en la ropa, intentando verse presentable ante ella. Alitzel ríe al ver su cara de confusión.

El sonido de los insectos sigue escuchándose. La jovencita se recuesta en las hojas. Alfred titubea pero decide colocarse a su lado y los dos cierran los ojos disfrutando esa música. Al abrir él los ojos, se da cuenta de que ella ya no está.

Alfred entra en su habitación y escucha por unos minutos más la música de los insectos. Se acomoda en su hamaca y se queda profundamente dormido. A la mañana siguiente, todavía acostado, un insecto camina por su brazo. Alfred hace muecas y espanta al insecto que sale por la ventana. Se levanta y en un espejo se observa despeinado. Bosteza y se estira. Se lava la cara con el agua de una palangana, moja su cuello y peina su cabello.

Afuera, Chona canta en la cocina mientras voltea tortillas en un comal. Alfred se acerca aunque ella no lo ha visto.

—¡Buenos días!

Chona da un brinco.

—Pero si eres tú, güerito, qué susto me sacaste. Pensé que eras mi difunto padre que se había levantado de la tumba.

Alfred sonríe al ver las expresiones exageradas de la mujer.

—Respire, Chona, soy yo.

—Háblame de tú. Para ti y mis chamacos soy Mamá Chona.

Ella da una palmadita en la espalda de Alfred.

—¡Ay, muchacho!, mejor que mi padre se quede en la tumba, que en paz descanse. ¿Te imaginas cómo estará después de veinte años? ¡Dios guarde el hora! —Chona se persigna—. Qué cosas se me ocurren, hasta se me puso la piel de gallina.

Alfred aguanta la risa y Chona continúa haciendo el desayuno. Pone un cucharón de madera en la cazuela de los frijoles y otra en una cazuela con cochinilla pibil. Alfred los lleva a la mesa. De un trastero, ella saca platos de barro y cubiertos. Pedro y Juan llegan a la cocina y Pepe baja detrás de ellos, se frota los ojos mientras bosteza. Cada uno se sienta en su lugar. Alfred toma asiento a un lado de Pepe y

Chona en una de las cabeceras. Quedan dos lugares vacíos. Juan intenta darle una probada a los frijoles cuando siente un cucharazo en la mano.

—Hasta que llegue papá Alberto y Alitzel, chamaco tragón —dice Chona.

Se escucha la puerta de entrada. Son ellos, cargando un costal.

—¡Llegamos, mujer! ¿En dónde dejamos el maíz?

—En la cocina, viejo ¡Apúrense que ya está servido el desayuno!

Juan y Pepe, impacientes, se molestan el uno al otro como jugando. Alitzel mira a Alfred y se sienta a un costado de Chona. Sin que nadie la vea sonríe bromeando mientras mueve sus manos como si tocara un piano. Alfred sonríe con ella apenado. Alberto, mientras toma una tortilla del tortillero, en tono bonachón se dirige a Alfred.

—¿Quién es usted, joven? —Alfred está por contestar cuando Chona orgullosa gana la palabra.

—Un huésped.

—Bienvenido, ésta es su casa.

Alberto toma su lugar en la cabecera. El estómago de Juan empieza a chillar de hambre.

—Papá, sé que es nuestro primer huésped, pero tenemos hambre. Podemos empezar.

Pepe y Pedro se tocan la panza también. Chona pone una cucharada de cochinita pibil en cada uno de los platos. Alfred huele el aroma que despide el guiso. Al recibir sus platos, Juan, Pedro y Pepe toman las tortillas para disfrutar de su comida. No esperan a los demás.

Las tortillas pasan de un lugar a otro. Alfred se toma su tiempo, pone una servilleta en sus rodillas, y con su tenedor y cuchillo comienza a cortar la carne. Juan tiene puesta su atención en su plato con comida. De reojo ve a Alfred y da una patadita por debajo de la mesa a Alitzel para que lo vea, después a los otros miembros de la familia. Todos lo miran con curiosidad.

Chona, al ver lo que ocurre, se levanta de su lugar y toma una tortilla.

—Güerito, esto se come así.

Chona pone en la tortilla un poco de carne, la hace taco y se la da a Alfred, quien la come disfrutando su sabor. Alfred termina su ración y pide un poco más. Alitzel sonríe al ver la cara de Alfred que parece que hubiera probado lo más delicioso en su vida.

—No comas tanto, nos vas a dejar sin nada —le dice Pepe.

Al escucharlo, todos en la mesa sueltan la carcajada, menos Juan que se ve contrariado. El güerito se había terminado lo último que quedaba en la cazuela.

—Ahora que el güero lave los platos.

—¡Ay, hermanito! Ven, Alfred, ¿me ayudas a lavar los platos? —Alitzel sale en su ayuda.

Juan refunfuña y se queda callado. La idea de ver a Alitzel con Alfred no le gusta.

Después que Alitzel y Alfred terminan de lavar los platos, caminan por el pueblo. Las personas miran a Alfred y cuchichean. Alfred no entiende lo que pasa.

—¿Por qué me miran de esa manera?

—Tú cabello amarillo llama su atención, nunca habían visto a alguien así. Bueno, yo tampoco, pero no importa.

Alitzel ve un insecto en el suelo y se pone en cuclillas, recoge una cigarra que está lastimada de un ala, la pone en la palma de su mano. La jovencita habla con la cigarra como si ésta pudiera entenderla.

—Pobrecita, ¿qué te pasó? —Alitzel revisa su ala cuando se escucha el mismo sonido que había escuchado Alfred en el camión y la noche anterior.

Interesado, Alfred le pide el insecto para verlo más de cerca. Al voltearlo se da cuenta de que tiene una raya amarilla en la panza. ¡Es la misma cigarra que se había metido por la ventana del camión! Alfred levanta sus alas investigando.

—A ver, amiguita, ¿de dónde viene tu música?

Aquel insecto era una pequeña caja de resonancia, como los pianos. Alitzel ve con curiosidad como Alfred revisa la cigarra tratando de entender lo que estaba haciendo. Ella disfrutaba de la música de esos insectos, pero no se le había ocurrido buscar cómo lo hacían. Alfred le explica:

—Con esta parte de su abdomen y con estos costalitos de aire ella hace su sonido.

Alfred pone la cigarra en la mano de Alitzel y ésta empieza a emitir sonidos. La chica ve cómo su pequeñísimo abdomen se infla, era un movimiento casi imperceptible. La música de la cigarra se hace cada vez más fuerte. Alitzel se emociona por lo que ve y escucha, y le propone a Alfred ir esa noche al lugar en la selva donde se había visto la noche anterior. Alfred acepta gustoso. La cigarra que está en la mano de Alitzel empieza a mover sus alas y, elevándose, vuela dando vueltas alrededor de los jóvenes que no la pierden de vista hasta que desaparece en la selva.

Pronto, llega Juan con un recado de Mamá Chona para Alitzel. Ese día se juntaban para desgranar el maíz y la estaba esperando en la pensión. A Alitzel se le había olvidado, así que sale corriendo, pero apenas voltea se da cuenta de que dejó a Alfred parado sin entender qué pasaba. Se regresa por él y lo invita a irse con ella.

—Alfred, ¿quieres venir?

Juan se burla.

—Pero si ése es un trabajo para mujeres.

—No te preocupes, Juan. Los hombres debemos aprender lo que hacen las mujeres para ser mejores hombres.

Juan hace una mueca, pues no supo bien lo que quiso decir Alfred. Alitzel se ríe y le dice:

—Aprende, hermanito.

—¡Que no soy tu hermano!

—Entonces, ¿qué eres? —Juan se queda callado, no sabe qué contestar.

Alitzel despeina la cabeza de Juan como si fuera un niño. Juan se quita y la observa molesto.

—Ya te dije que no me hagas eso. Ya no soy un chamaco, soy un hombre.

—Hermanito, otra vez con lo mismo.

—¿Vienes con nosotros?

—No, aquí me quedo. —Molesto, Juan patea una piedra cercana.

En la pensión, Chona está con tres jovencitas: Lupita, Juana y María. Además, con dos señoras, Paty y Elena. Todas ellas desgranan mazorcas sentadas sobre un petate de palma. Alitzel y Alfred se les unen. Alitzel recoge su cabello en una trenza, toma una mazorca del costal y se la da a Alfred mientras le señala que se puede sentar a un lado de Lupita. Tímida, la jovencita levanta la mano indicando que es ella. Entre las mujeres se escuchan unas risitas. Los dientes de maíz caen en unas canastas que se van llenando una a una.

Alitzel enseña a Alfred lo que tiene que hacer, pero los dientes del elote de Alfred parecen negarse a dejar la mazorca; por un movimiento brusco, un grano blancuzco sale disparado y golpea en su mejilla. Las jovencitas disimulan la risa. Ver a ese joven fuerte pelearse con una mazorca les causa gracia, hasta a la tímida de Lupita.

—No, Alfred, así no es. No aprietes los dientes, sólo empuja hacia abajo con tus dedos —dice Alitzel con paciencia.

Alfred está recibiendo una clase rápida de cómo desgranar maíz. El joven lo intenta siguiendo las indicaciones de la muchacha, y como arte de magia los dientes empiezan a caer rápidamente en su canasta. Chona, sin dejar de ver su mazorca, le pregunta a Alfred:

—Dime, güerito, ¿qué te trajo al pueblo?

La pregunta capta la atención de las mujeres. Alfred tartamudea, no sabe qué contestar. No puede decir que está huyendo de los militares. Lo primero que se le ocurre es decir que el motivo de su viaje es la música de los insectos.

Al escuchar a Alfred, Juan se acerca hacia las mujeres, se sienta con ellas, pues sabe que tiene una nueva oportunidad para ponerlo en mal frente a ellas. Lo mira, y con un tono sarcástico le dice:

—Los bichos no hacen música, son molestos. Sólo hacen ruido.

—Sí hacen música, escúchalos bien —replica Alitzel.

—¿Escucharlos bien? Lo hago todas las noches, pero como no me dejan dormir, me tengo que poner la almohada en la cabeza.

Entre las mujeres hay quienes creen que sí hacen música y quienes creen que sólo hacen ruido, como dice Juan.

—Sus cuerpos son pequeñas cajas de música. —Alfred defiende el punto de Alitzel.

El joven logra captar la atención de las mujeres que no habían pensado de esa manera en los insectos. Juan comienza a ver la batalla perdida.

—El güerito sí que está bien loco, ¿cajas de música? ¿De dónde sacas tantas cosas? —Se dirige a todas refiriéndose a Alfred mientras coqueto mira a Alitzel y le guiña el ojo.

—Juan, ya vete, nada más vienes a quitarnos el tiempo. Dijiste que desgranar es sólo para mujeres —dice Alitzel molesta.

Juan camina entre ellas pavoneándose.

—No vine a desgranar. Eso se lo dejo a las mujercitas. —Voltea a ver a Alfred que está haciendo su mayor esfuerzo para no darle un golpe.

—Todas son tan bonitas que las vengo a ver a ustedes.

—Qué bonitas, ni qué bonitas. Vete de aquí. Si no vas a ayudar, ve a trabajar con tú papá —dice Mamá Chona para dar por terminado el conato.

Chona, Alitzel y las jovencitas le avientan los olotes que traen en las manos. Juan se cubre con los brazos. Alfred también lanza uno al trasero de Juan, quien huye corriendo.

—Pobre de mi hijo, no cambia. Pero es un buen muchacho.

Todos observan a Chona incrédulos por lo que acaba de decir.

—De veras. Es bueno… un poco descarrilado también —sonríe Chona.

Siguen desgranando las mazorcas cuando una de las jovencitas comienza a cantar, otras le hacen coro y otras mueven los granos de maíz dentro de las canastas con una cuchara de palo. El ambiente se torna una fiesta y las mujeres terminan danzando. Alfred se convierte en parte de ese ritual femenino. Está fascinado por el movimiento de las faldas que giran y que acarician a la madre tierra. El sol comienza a ocultarse dejando ver las primeras estrellas en el cielo. Las mujeres se despiden llevando con ellas el fruto de su trabajo, costales con maíz desgranado para las tortillas de la familia. La música de las cigarras y los grillos comienza a elevarse. Alitzel y Alfred, curiosos, se dirigen al lugar en donde los habían escuchado la noche anterior.

LOS INSECTOS

A LA MAÑANA SIGUIENTE, frente a la ventana abierta de la habitación de Alfred, las cortinas se mueven con ligereza por el viento. Una cigarra entra volando, se posa sobre el mecate que sujeta la hamaca y camina haciendo su peculiar sonido. Alfred se despierta por el sonido. Estira su brazo para que el insecto camine sobre su mano.

—¿Cómo estás, amiguita?

La cigarra mueve sus alas.

El olor del desayuno entra por la puerta de la habitación. De un brinco, el joven se levanta de la hamaca, se viste y lava su cara. En la cocina, Chona y Alitzel están preparando los frijoles en una olla que hierve en el fogón. Chona los prueba y les pone un poco más de sal. Alfred entra en la cocina y da los buenos días.

Juan se asoma por la puerta y mira que Alfred y Alitzel se divierten volteando las tortillas en el comal. La cara de

Juan cambia. En su rostro se ve un dejo de celos. Disimula cambiando su cara, aparenta estar dispuesto a ayudar. Alitzel, incrédula, levanta la mirada.

—¿Qué mosca te picó? Ayer quisiste desgranar el maíz y ahora quieres ayudar en la cocina.

—Pus la gente puede cambiar, ¿o qué no?

—¿Qué crees?, ya no cabes aquí.

Juan mira a Mamá Chona buscando su apoyo.

—Mejor siéntate a la mesa, hijo. El güerito ya nos está ayudando.

—Después no digan que no ayudo —dice Juan molesto y se dispone a abandonar la cocina.

Papá Alberto lo mira y le pregunta:

—¿Qué pasa, hijo?

—Nada, ese güero ya me cansó. Ahora ayuda en la cocina, ¿por qué no se regresa a su país?

Pepe llega a la cocina y hace señas a Alfred para que salga, trae algo entre sus manos.

—Mira, Alfred, lo que me encontré. Una cigarra camina entre sus dedos.

—Con cuidado, Pepe.

—No le estoy haciendo nada. Se parece al bicho que tenías en el camión. ¿Es tuya? —Pepe agarra la cigarra y la mira de cerca.

—Pepe, los insectos no son de nadie, son de la selva. ¿Me dejas verla?

Recargada en la puerta, Alitzel escucha y ve lo que ocurre.

Pepe le entrega el insecto a Alfred y al revisarlo cae en cuenta de que es la misma cigarra de las veces anteriores. Se la muestra a Alitzel.

—Mira, Alitzel, es la cigarra. Creo que le caímos bien.

—La jovencita sonríe y se la pone en la mano a Pepe para que él la deje ir por la ventana.

Juan sentado a la mesa interrumpe la conversación.

—Ya les dije que el güero es raro. Tiene de amigo un bicho.

Alfred sabe que no es el lugar para contestar a las provocaciones de Juan y lo ignora, pero Alitzel sí le contesta:

—Si él es raro, ¿qué serás tú?, que platicas con los pájaros.

—Ellos cantan, ¿qué hacen los bichos?, sólo ruido.

Mamá Chona, que observa la discusión, les llama la atención:

—Si siguen discutiendo van a comer frío.

Juan no está dispuesto a detenerse. Papá Alberto le ordena a Juan que pare. Alitzel, Alfred, Pedro y Pepe ponen sus miradas en el desayuno, saben que la discusión ha molestado a Papá Alberto y a Mamá Chona. El desayuno se da en paz, aunque Juan pronto se levanta de la mesa, justo en cuanto termina.

Un poco más tarde, Alitzel le muestra a Alfred los lugares por donde a ella le gusta pasear. Lo lleva por la selva. El sol está a todo lo alto y hace calor con humedad. Alfred se limpia el sudor con un paliacate que trae al cuello, mientras que a la muchacha las gotas le escurren por la frente sin molestarla.

Hacen a un lado ramas y las hojas grandes que, en un desorden ordenado, dejan ver frente a ellos algunos huecos por donde pueden pasar. Alfred se ve cansado.

—¡Ven, Alfred! ¡Ya casi llegamos!

Alfred da un respiro y rápido va tras Alitzel que quita unas lianas. Frente a ellos hay un hermoso lugar: un ojo de agua cristalina color azul celeste. El sol se refleja en el líquido, da la sensación de estar dentro. Alfred nunca había visto algo así. Mientras caminaban alrededor, Alitzel explica que se trata de un cenote y que sus antepasados, los mayas, creían que al entrar en ellos se llegaba al inframundo, el lugar de los muertos. El cenote era en verdad profundo, tanto que parecía llegar a las entrañas de la tierra.

La chica toma agua entre sus manos y la bebe. Alfred hace lo mismo y, además, moja el paliacate que trae al cuello para refrescar su cara.

Alitzel, que primero mira a Alfred y después al agua, no puede evitar hacerle una broma al verlo distraído. Toma agua entre sus manos y se la avienta. Él, sorprendido, la corretea. Al atraparla, la carga, y con ella entre sus brazos, se lanza al cenote. Los jóvenes siguen jugando en el agua como dos chiquillos. Alitzel lo distrae con las nubes y cuando Alfred voltea hacia arriba, ella le brinca encima y lo sume en el agua. Al salir, Alfred se ríe con ella, la toma de los hombros y sus miradas se cruzan. Él la mira con ternura, se acerca con la intención de darle un beso. Parece que Alitzel va a ceder, pero se sumerge y sale del cenote, dejando a Alfred solo a la mitad del agua. El joven la mira y nota que trae un collar y aretes del mismo color del agua azul. Alitzel se ve hermosa. Su piel morena resalta y le da un toque de misticismo que armoniza con el lugar. Alitzel exprime su trenza.

Alfred sale del agua, se quita su camisa y también la exprime. Tiene un cuerpo atlético que la jovencita mira con disimulo. Ella siente algo que nunca había experimentado, y prefiere distraerse con las hormigas que suben por el tronco de un árbol.

—Ven, Alfred, mira esto.

Alfred se acerca y observa hileras de hormigas cargando flores. Suben por un tronco, pareciera que las flores pudieran caminar, aunque se trata de las hormigas cumpliendo con su trabajo. La selva es un lugar extraordinario que Alfred va descubriendo a través de Alitzel.

Los jóvenes se platican sentados frente al cenote mientras esperan a que se sequen sus ropas. Alfred pregunta curioso:

—¿Por qué Juan mencionó que no eras su hermana?

—Porque no lo soy, pero es como si lo fuera. Mamá Chona y Papá Alberto me encontraron en la selva cuando tenía tres años. Buscaron a mis papás, pero nunca los hallaron. Desde entonces vivo con ellos. Son los únicos padres que conozco y los tres revoltosos de sus hijos son como mis hermanos.

—¿Los has de querer mucho?

—Sí, no podría tener mejor familia. Y tú, ¿cuál es tu historia?

Alfred guarda silencio, no sabe si contarle toda la historia. Algunos mexicanos creen que los alemanes son el enemigo, pero no quiere mentir, pues ella ha sido honesta con él.

—Yo vengo de un pequeño pueblo en Alemania llamado Dresden, ahí vivía con mi papá, se llama Eric.

Se hace un momento de silencio. Alitzel irrumpe con una pregunta:

—¿En dónde está Alemania?

—Alemania está del otro lado del mar.

—Las lanchas de los pescadores se alejan de la playa por cuatro días y parecen perdidos en el horizonte —dice la muchacha intentado comprender la distancia.

—Mi casa está aún más lejos.

Alitzel quiere saber más.

—¿Y tu familia está allá? ¿Por qué no vinieron contigo?

Alfred baja la cabeza con nostalgia y preocupación, recuerda a su papá, está solo en un lugar en guerra.

—Sólo somos mi papá y yo, mi mamá murió durante la Gran Guerra y ahora… tuve que dejarlo a él.

El muchacho empieza abrir su corazón. Alitzel lo mira con ternura.

—Allá en Alemania, papá y yo tenemos un taller de pianos. Nuestra vida era alegre y tranquila. Pero un mal día todo cambió. En mi país se matan inocentes. Vi cómo caía muerto mi mejor amigo.

La jovencita, conmovida por lo que estaba escuchando, tomó con fuerza la mano de Alfred. Él se hacía el fuerte, no permite que las lágrimas pasen de sus ojos y sigue con su relato:

—Quise hacer algo, pero no pude. El Tercer Reich, nuestro gobierno, nos ha puesto unos contra otros. Por eso vine a México para vivir en paz, pero ahora México es enemigo de los alemanes y me persiguen.

Alitzel mira seriamente a Alfred.

—Tienes que decirle a Mamá Chona y a Papá Alberto lo que me contaste, ellos tienen que saber si es que te llegaran a buscar aquí.

—Alitzel, gracias.

—Has de extrañar mucho a tu papá.

—Sus consejos, siempre los recuerdo, me han hecho sentir bien. Es un gran hombre.

—¿Por qué no le escribes?

—No lo he hecho porque tengo miedo de que los militares intercepten mi carta. Pero tienes razón, él tiene que saber que estoy bien. Le escribiré lo antes posible.

En cuanto llegan a casa, Alitzel y Alfred se dirigen con Papá Alberto y Mamá Chona que están sentados en la terraza tomando el aire fresco.

—Alfred quiere contarles algo —dice Alitzel.

—¿Qué pasa, Alfred? —pregunta Papá Alberto.

Alfred no sabe por dónde empezar. Toma aire y comienza.

—Por favor, no se asusten, soy una buena persona.

—Güerito, dinos qué pasa —insiste Mamá Chona

—Soy alemán y me están buscando.

—Sabemos que no eres de aquí, pero eso no importa, eres una buena persona, se ve en tus ojos —dice Mamá Chona al percibir la angustia en el muchacho.

—Pero diles lo demás —insiste Alitzel. Alfred, quien se encoge de hombros, finalmente continúa:

—Me están buscando los militares. No sé qué hacer. Si me encuentran, me va a encerrar.

Papá Alberto intenta calmar al muchacho:

—No te preocupes, aquí puedes quedarte. Te vamos a ayudar.

Mamá Chona asevera con un movimiento de cabeza. Alitzel sonríe con Alfred, quien replica la sonrisa al sentirse respaldado por la familia.

LA CARTA

Pensativo, Alfred se pone sus lentes y escribe una carta
en un papel en blanco, mientras está sentado frente a un
pequeño escritorio.

Querido papá:

Llegué hace cuatro meses a México, las cosas se complica-
ron. Ya no trabajo con Roberto. Tuve que salir de la capital. México es enemigo de Alemania y somos perseguidos.
Estoy en un lugar tranquilo que se llama Nuevo Durango
con gente buena. La casa en donde me estoy quedando es
una pensión. Todos en el pueblo la conocen. Es un lugar
seguro para que mandes tus cartas.

Cuídate, te extraño.

Alfred

El joven mete la carta en un sobre. Con ella en mano, sale en busca de Papá Alberto, quien está a punto de abordar un autobús hacia la Ciudad de México.

—¡Alberto, espere!, ¡Papá Alberto! ¡Por favor, espere!

Alberto escucha a Alfred y voltea antes de subir.

—¡Alfred, dime! ¿Qué necesitas?

—Por favor, ¿puede llevar esta carta con usted a México y ponerla en el correo? Es para mi papá —dice Alfred jadeando.

—Lo hago, muchacho, no te preocupes.

Alberto guarda la carta en la bolsa interior de su saco. Alfred toma aire para contestar.

—En verdad, se lo agradezco mucho.

El chofer del autobús da la señal para que todos los pasajeros se suban a bordo. Alberto se despide de Alfred y toma su asiento en la fila delantera desde donde alcanza a ver por el retrovisor a Alfred que observa cómo el autobús se aleja. Tiene la esperanza de que su carta llegue a su destino.

Alitzel se encuentra en una cancha de futbol viendo como juegan sus hermanos. Entre sus manos lleva dos manzanas. Observa cuando llega Alfred y le pregunta:

—¿Lo alcanzaste?

—Sí, por poco y no llego, sólo espero que los militares no den con la carta antes de que salga para Alemania.

—Ya verás que sí. Papá Alberto tiene muchos amigos en el correo de México que lo van a ayudar a que la carta llegue a su destino.

Alfred da un respiro de tranquilidad.

—Has de tener hambre. No desayunaste, pero mira lo que te traje.

Alitzel le lanza a Alfred una de las manzanas y él la cacha. Él le da una mordida que truena. Ambos se sientan en una de las bancas, mientras terminan las frutas y observan a los muchachos jugando futbol.

Alfred entonces piensa que es un buen momento para poner en su lugar a Juan. Se levanta y aún con la manzana la boca se mete a la cancha, va detrás de la pelota y se la quita a Juan. Burla a uno de los jugadores, después a otro y con pericia mete gol. Pedro y Juan se quedan parados mientras Alfred festeja con los jugadores del equipo contrario. Era su turno para darle una lección a Juan y lo había hecho a lo grande. Los chicos discuten sobre si ese gol cuenta o no, y Alfred y Alitzel se alejan riendo por lo que acaba de pasar. Juan probó una cucharada de su propio chocolate.

Un pájaro carpintero de cabeza roja picotea un árbol. Deja caer aserrín, que espolvorea las hojas que están a su alrededor. Alitzel había escuchado a Alfred hablar de los pianos y le causaba curiosidad el movimiento de sus manos cuando lo vio por primera vez en la selva. Sin más, le pregunta cómo son los pianos. El chico no se esperaba esa pregunta, quiere contarle todo al respecto.

—¿En verdad te gustaría saber cómo es un piano?

Alitzel mueve su cabeza afirmando.

—Un piano es un instrumento de cuerdas. Cuando tocas sus teclas produce música hermosa.

Alitzel no entiende de qué le habla. Él, al ver su cara, sabe que tenía que explicarle de otra manera y corta cuatro tallos de diferente grosores y tamaños. Le pide a Alitzel que tome uno de los extremos de los tallos mientras él los sostiene de los extremos contrarios dejándolos tensos.

—Mira, Alitzel, mi dedo es como una tecla y los tallos unas cuerdas, el piano es una caja llena de ellas. Cuando la tecla toca la cuerda produce música como las de los insectos.

—Alfred, ¿eso era lo que estabas haciendo el día que te conocí? Movías tus manos y tus dedos de una manera extraña.

—Tocaba mi piano de manera imaginaria, siguiendo la música de los insectos.

—¿Me puedes enseñar?

—Sí, con gusto.

Alfred le pide que suelte los tallos y cierre los ojos, que escuche el sonido de la selva y que vaya siguiendo con sus dedos lo que escucha. Alitzel hace lo que le pide Alfred y mueve torpemente sus dedos.

—No puedo, escucho los sonidos, pero mis dedos no saben qué hacer.

Alfred pide que vuelva a cerrar los ojos junto con él. El muchacho pone sus manos sobre las de Alitzel y va moviendo sus dedos al ritmo de los sonidos, como si fuera mágico. La selva aumenta sus sonidos para que ellos los escuchen mejor. La muchacha abre los ojos sorprendida por lo que acaba de pasar. Nunca había sentido la música de la selva de esa manera. Sus manos y las de Alfred se funden con la alegría de aquel lugar. El joven suelta las manos de Alitzel con sutileza.

Se escucha el sonido de las alas de la cigarra que llega volando. Alitzel la mira.

—¿La cigarra es como un piano que vuela?

Alfred bromea hablando con la cigarra:

—Alitzel dice que eres un pequeño piano volador, ¿tú qué crees?

La cigarra zumba, pareciera que entiende. Los dos jóvenes se ríen. El sol se empieza a meter y los últimos rayos del día se reflejan en las hojas verdes que han cambiado de color.

Alfred se sienta en un tronco para apretar las agujetas de sus zapatos, mira a un saltamontes de colores amarillos, verdes y rojos. Lo atrapa con sus manos, lo levanta y se lo muestra a Alitzel.

—¿Cómo harán su sonido los saltamontes?

—No lo sé, pero sería interesante saberlo.

Alfred saca de su pantalón una pequeña caja y pone dentro al insecto.

—¿Por qué no mostramos a la gente del pueblo los insectos que encontremos, le podríamos enseñar su música?

—Yo te ayudo —dice Alitzel entusiasmada.

Amanece un día después, Alfred se levanta y camina por la selva. Revisa el tronco de varios árboles. Algunos tienen termitas, otros se rompen con facilidad y otros son madrigueras. Al llegar a un recoveco encuentra un tronco de cedro. Del bolsillo el joven saca una navaja y hace unos cortes para ver si está en buen estado. Quita la corteza limpiando el tronco. Pedazos grandes y pequeños caen al suelo dejando ver su interior. Una vez que el tronco está limpio, Alfred saca de un morral una serie de herramientas, cuchillos y punzones de diferentes tamaños. Con ellos comienza a esculpir algo que hasta ese momento no tiene forma. Alfred sopla y limpia la viruta. Del tronco van apareciendo lo que parecen ser las teclas de un piano.

Después de una noche tranquila, Alfred guarda en una bolsa pan y plátanos. Regresa al mismo lugar en la selva.

El tronco parece como si lo estuviera esperando. Esta vez, Alfred trae consigo una lima y lijas. Con una gubia entresaca madera para labrar más teclas.

Pasan semanas. Nadie sabe a dónde va el muchacho al amanecer. Todos estaban intrigados por sus desapariciones tempranas, en especial Alitzel, quien no duda en preguntarle, pero cada vez que lo hace, Alfred cambia la conversación.

Un domingo por la mañana, Alitzel lava los platos y Alfred la apura para que termine la labor. Contento, el muchacho seca los trastos como si no tuviera tiempo que perder.

Mamá Chona escucha lo que pasa y los alienta:

—Ya váyanse, yo me encargo de lo que queda.

Alitzel se seca con el trapo de la cocina. Alfred la toma de la mano y los dos llegan al lugar en donde está la sorpresa que el joven ha preparado. Le tapa los ojos a la chica y al descubrirlos, frente a ellos se impone un piano labrado en el tronco. Ella no entiende qué es, nunca había visto uno.

—¿Te gusta?

—¿Me gusta qué?

—El piano que querías.

—¿Así es un piano?

—Bueno, lo que más se parece a un piano.

—¿Entonces así es un piano?

Alitzel emocionada toca una de las teclas.

—Pero no suena.

—Pon tu dedo en esta tecla —dice Alfred a la joven que muestra un dejo de decepción.

Alitzel pone su dedo y Alfred imita el sonido de la nota.

—Ya ves que sí suena.

Alitzel pasa sus dedos por todas las teclas mientras Alfred sigue simulando el sonido de cada una de ellas. Ella lo abraza emocionada. Aquel piano labrado en el tronco en verdad suena y hace música.

—Necesitabas un piano y aquí lo tienes.

—¿Podemos tener hoy nuestra primera clase? —Alitzel pregunta a Alfred emocionada.

Alfred asiente y acerca un tocón a Alitzel para que se siente. Él pone sus dedos en las teclas para enseñarle el nombre de cada nota.

—Mira, Alitzel, éstas son las notas musicales: do, re, mi, fa, sol, la, si.

Alitzel no pierde de vista las manos de Alfred ni las notas que corresponden a cada tecla.

—Ahora te toca a ti —dice Alfred.

La muchacha titubea. Pone sus dedos de manera torpe en cada tecla mientras repite el nombre de las notas y las solfea igual que lo hizo Alfred.

—¿Así está bien? Cuesta mucho trabajo.

—Sólo necesitas práctica y paciencia.

Alitzel, entusiasmada, sigue intentando. Alfred se queda pensativo.

—¿Qué te pasa?

—Me gustaría poderte enseñar un piano de verdad para que escucharas lo bello de su música.

—Éste es el mejor piano del mundo.

—Pero si nunca has visto uno.

—Sí, ¿verdad? Pero para mí es el mejor piano.

Los dos jóvenes se ríen y continúan con la clase.

RECOLECCIÓN

Es de noche y Alfred se encuentra en su cuarto frente al viejo escritorio. Saca el saltamontes de una cajita, lo revisa. Quiere entender cómo hace su música. Con sus anteojos y a través de una lupa, amplía lo más posible su cuerpo. Lo toma con unas pequeñas pinzas y observa con detenimiento. El saltamontes empieza a frotar sus patas contra una vena que está en sus alas, lo cual produce una comunicación acústica que resulta en su peculiar sonido. Lo que ve es sorprendente. Cómo es posible que tan diminutas partes emitan música tan perfecta.

Las horas pasan. A la media noche, Alfred sale de la pensión con el saltamontes en sus manos, lo pone en un arbusto y lo deja ir. De un brinco, el animalito se pierde de la vista del muchacho. De regreso a su habitación y después de un rato, se queda dormido sentado en el escritorio sobre un cuadernillo de anotaciones.

Alfred camina por un terreno en donde varios jovencitos juegan. Pedro pasa a su lado, algunos chamacos lo persiguen. Pepe, aburrido, está sentado solo en una banca desde donde los ve divertirse. Quisiera jugar, pero cada vez que intenta ser parte de uno de los equipos, le dicen que aún es muy chico. Alfred se acerca a él y se sienta a su lado.

—¿Por qué no juegas?

—Nadie quiere jugar conmigo porque dicen que corro despacio y soy chico.

La cigarra llega volando y se posa en el brazo de Pepe, quien, sorprendido, la sigue con la mirada.

—¡Mira, Alfred, es tu amiga!

—Tienes razón. ¿Por qué no le pones nombre?

—Le podemos poner Mejen.

—Y ¿qué significa Mejen?

—Pequeño, como yo.

Alitzel mira a Alfred y a Pepe a lo lejos.

—Pepe, ¿qué te parece si nos ayudas a buscar insectos? Necesitamos aprender muchas cosas de ellos —pregunta Alfred.

Pepe entusiasmado contesta que sí y se levanta de un brinco. Mejen, que está en su brazo, sale volando.

Alitzel se acerca a Alfred y a Pepe y les pregunta a dónde se dirigen.

—A buscar insectos —Pepe contesta orgulloso.

—¿Me invitan?

—¿Verdad que sí la invitamos, Alfred?

Alfred mueve la cabeza negando, pero con su sonrisa afirma. Alitzel da un golpecito en el brazo de Alfred.

—No querías que fuera, ¿verdad? Vas a ver.

—No podríamos ir sin ti.

Alitzel lo persigue y Alfred se esconde detrás de Pepe.

—Ya dejen de jugar que tenemos trabajo qué hacer —les dice Pepe como si fuera el mayor de los tres.

Tomado de la mano de Alitzel y de Alfred, el niño los lleva cerca de un riachuelo donde abundan los insectos. Busca entre las piedras, la muchacha entre las plantas y Alfred en las ramas de los árboles. Pepe emocionado grita que acaba de encontrar una catarina, pero desilusionado se da cuenta de que está muerta.

Alfred, al verlo triste, le pregunta qué le pasa y Pepe le enseña el bicho.

—No te preocupes, así precisamente los necesitamos. No queremos lastimar a los insectos.

Alitzel abre la bolsa de su delantal y Pepe deja caer la catarina dentro. Siguen buscando entre las plantas y la muchacha halla algo interesante.

—Miren. —Alfred y Pepe se acercan curiosos. Es un tábano. El insecto es grande, no muy agraciado, de color café e inmensos ojos.

Poco a poco la bolsa del delantal de Alitzel se va llenando de los bichos que se encuentran.

De regreso a la pensión, Alfred se agacha frente a Pepe para entregarle algo.

—Te la ganaste, trabajaste muy duro. —Alfred da una moneda al pequeño, quien la avienta al aire y la cacha contento.

—¿Podemos buscar más mañana?

—Claro, necesitamos encontrar los más que podamos para que la gente pueda ver cuán bellos y diversos son los insectos que hay en la selva, y escuchen la música que hacen.

Pedro ve a Pepe jugando con la moneda. Él también quiere una y curioso pregunta quién se la dio. Pepe le cuenta de que Alfred lo recompensó por ayudarlo a buscar insectos. Pedro entonces ofrece sus servicios como recolector. Mientras tanto, Juan ve a lo lejos el alboroto y entra a la pensión.

—¿Y ahora qué se traen con el güero?, curioso, pregunta Juan.

—Alfred le dio una moneda a Pepe por ayudarlo a buscar bichos.

—¿Quieres ayudarnos a…? —Alitzel se dirige a Juan.

Antes de que ella acabe de hablar contesta desdeñoso:

—No. Tengo cosas más interesantes que hacer que estar buscando animalejos muertos.

—¿Cómo qué? —Alitzel le pregunta.

—Como ir al cenote a pasear contigo.

Alfred interrumpe a Juan para preguntar.

—¿El cenote al que me llevaste, Alitzel?

Juan cambia el tono de conquistador a enojado.

—¿Lo llevaste? Ese lugar lo encontramos tú y yo.

Juan se sube a su cuarto y azota su puerta. Pepe y Pedro hacen un movimiento de hombros por el azotón, saben que a Juan le gusta Alitzel. La única que disimula no saberlo es ella, que se ve confundida por la reacción del chico.

Alfred no presta atención a Juan y pone en la mesa del comedor el tábano, la catarina, las hormigas y unos escarabajos. Pedro llama a su madre, quien mira asombrada los colores de los escarabajos. Pepe le presume que él encontró a la catarina y le platica de los insectos. Las explicaciones de Alfred se escuchan en el comedor de la pensión.

LA CUEVA DE
LOS MURCIÉLAGOS

TAL PARECIERA QUE ALITZEL YA CONOCÍA ESE LUGAR pero no dice nada a Alfred. Algo esconde, su actitud es un tanto sospechosa. Con curiosidad, ambos entran en una cueva en medio de la selva. La muchacha trastabillea y se toma con fuerza de la mano de Alfred. Cuando cae en cuenta de lo que acaba de hacer, lo suelta y se muestra autosuficiente.

Se escucha un goteo que cae por las paredes. Unos orificios en el techo dejan entrar la luz del sol. Los jóvenes caminan y se adentran cada vez más en la oscuridad. Los orificios de luz son cada vez más pequeños.

Detenerse en las paredes no es buena idea. No saben qué pueden encontrar. Se escucha un sonido algo parecido a chillidos que vienen de los lugares más oscuros de la cueva. Siguen caminando. El lugar los atrapa. Alfred prende un encendedor y ambos miran al techo que se encuentra copado de murciélagos colgados de cabeza. Son tantos que no parece quedar claro entre ellos. Alitzel y Alfred empiezan a moverse despacio cuando se escucha un rechinado. Una estalactita está rompiéndose. Algunos de los animales empiezan a revolotear. La estalactita cae al suelo, el chillido y aleteo de los murciélagos comienza a escucharse cada vez más fuerte. Alitzel grita a Alfred que corran. Él la toma de la mano. Buscan la salida. Una bandada de murciélagos los sigue. Algunos se enredan en el cabello de la muchacha mientras otros golpean con sus aletazos la cabeza de Alfred. Los jóvenes intentan quitárselos de encima, son tantos que no pueden ver la salida. Alitzel cae al suelo, Alfred la levanta y los dos siguen corriendo, intentando escapar de ellos hasta que un rayo de luz en el techo les permite ver por dónde ir. Corren, pero la salida está más lejos de lo que creían. Todo es un enredo, parece que los murciélagos tienen más miedo que los dos jóvenes, quienes, al lograr salir de la cueva, se avientan al suelo. La bandada de animales pasa sobre sus cabezas y se pierde en la selva.

Alitzel se levanta del suelo. Trae su trenza enmarañada. El cabello de Alfred está también despeinado y polvoso.

—¡Qué susto! —dice Alitzel—, pero qué divertido.

Alfred no puede parar de reír. Hacía mucho que no se divertía tanto.

—¿De dónde salieron tantos? —pregunta Alfred.

—Se me olvidó decirte que esas cuevas están llenas de murciélagos, pero no hacen nada. Ellos llevan el polen de un lugar al otro y por eso tenemos tantas flores. —Alitzel se ríe pícara.

—Me lo hubieras dicho antes, mira cómo quedamos. —Alitzel hace un gesto para decir lo siento, mientras el joven la mira con ternura y acomoda su fleco. Ella también lo mira de la misma manera. Un murciélago pasa sobre ellos e interrumpe el momento en que se acercan para darse un beso. Los jóvenes se tiran al suelo de nuevo para esquivarlo y vuelven a reír.

—Vamos, Alitzel, no vaya a ser que salgan más —dice Alfred mientras la ayuda a levantarse.

LA CASA DE LOS INSECTOS

Sabiendo que a los insectos les gusta estar en la tierra húmeda de la selva, Pedro y Pepe hacen a un lado plantas y amontonan las hojas para su búsqueda. En una caja vacía de galletas guardan los que encuentran. Juan llega hasta donde están. Lleva el balón en la mano. Los mira mientras sus hermanos lo ignoran, están ocupados. Juan toma una rama seca y la parte a la mitad haciendo un fuerte ruido. Los otros dos chicos dan un brinco de susto y voltean a ver al otro que los mira enojado.

—Los estuve esperando en la cancha.

—A mí ni me veas, nunca me dejan jugar —dice Pepe.

—A mí tampoco. Yo estoy trabajando —añade Pedro.

Juan intenta convencerlos ofreciéndoles los puestos de defensa de su equipo. Pedro y Pepe se emocionan. Pero hay una condición.

—Tienen que dejar que el güero busque sus bichos solo. —Pepe y Pedro se miran tentados por la propuesta de Juan, pero después de unos segundos de pensarlo contestan al unísono:

—No, preferimos las monedas de Alfred.

—Además, me gustan los insectos —dice Pepe.

—A mí también, hay unos con cuernos y otros con colores —señala Pedro.

—Ustedes se lo pierden —refunfuña Juan.

Pedro enseña a Pepe un abejorro que acaba de encontrar. Juan se acerca curioso, se sorprende del color amarillo chillante del insecto, pero finge no interesarle y cambia la platica.

—¿Saben en dónde está Alitzel?

Los otros dos chicos intercambian una mirada cómplice, saben qué harán enojar a su hermano.

—Debe de estar con Alfred, siempre están juntos —Pedro contesta.

Juan, enojado, patea la pelota y corre detrás de ella mientras les grita que ya no los quiere en su equipo.

Por la tarde, Alfred suspira y se deja caer en la hamaca. El nudo izquierdo que la sostiene se va soltando y Alfred va a dar al suelo. Se levanta y enojado grita.

—¡Juan!

Alfred sale de su habitación, se encuentra con Juan en el corredor y lo corretea por el pasillo. El chicho ve a Alitzel y se esconde detrás de ella. Alfred se para en seco. Juan a su estilo cínico le dice:

—Hermanita, qué le pasa a tu amigo.

—¿Y ahora qué hiciste, Juan? —pregunta la muchacha.

—¿Yo?, nada. El güero se cayó de la hamaca y cree que yo tuve que ver algo con eso. Lo que pasa es que la gente como él no sabe amarrarlas.

Alfred cada vez se molesta más.

—Alitzel, hazte a un lado. Alguien necesita enseñarle a tu hermano a respetar a los demás.

Juan empieza a torear a Alfred, quien se esconde de un lado y del otro de Alitzel. Alfred tiene su mano empuñada.

—Más te vale que te vayas, porque si te alcanzo te va a doler.

Juan nunca había visto a Alfred tan enojado. Sabe que si continúa molestando, le meterán un puño en la cara. Se va corriendo, creyendo que se ha salido con la suya. Sin embargo, en las escaleras se topa con Mamá Chona. Sus risas nerviosas y burlonas desaparecen cuando su mamá lo pesca de una oreja y lo lleva con Alitzel y Alfred.

Alfred está rojo por el enojo.

—¿Y ahora qué hizo tú hermano?

Juan susurra que ella no es su hermana.

Alfred interrumpe.

—Nada, Mamá Chona, ya sabe como es Juanito de bromista.

Juan suspira de alivio y se anticipa para ocultar lo que le había hecho a Alfred.

—Yo no hice nada. Si el güerito y yo somos muy buenos amigo, ¿verdad, Alfred?

—Somos tan buenos amigos que nos va a ayudar con el trabajo de los insectos —dice Alfred a Mamá Chona.

—Qué bueno que se estén llevando bien.

Juan tuerce la boca, sabe que Alfred lo tiene en sus manos y que aprovechará esa oportunidad para hacerlo pagar todo lo que le ha hecho.

—Mi buen amigo, ¿me ayudas a colocar mi hamaca? Creo que se zafó. —Alfred se recarga en el hombro de Juan.

Alitzel y Alfred sonríen en complicidad.

—Juanito, ayuda al güerito en lo que necesite —dice Mamá Chona, antes de retirarse a su cuarto.

—Sí, mamá —responde Juan obediente.

—Me debes una, Juan. Y no vuelvas a decirme *güerito*, mi nombre es Alfred.

—Pero si mamá Chona te dice…

—Ella sí puede, tú no.

Alfred y Alitzel caminan por el pueblo. Juan va detrás de ellos, al verlos distraídos camina más lento con la intención de irse por su lado.

—¿A dónde vas, hermanito? Acuérdate que Mamá Chona dijo que tenías ayudarnos.

—Está bien, párale, ¿que quieren?

—Necesitamos madera para hacer las cajas donde poner a los insectos —dice Alfred.

—Juan, tú las puedes hacer, eres bueno en la carpintería —dice Alitzel—, aprendiste bien de Papá Alberto.

Juan recibe con agrado el halago y empieza a interesarse. Pregunta de qué tamaño las quieren. Alfred cree que un buen tamaño sería un metro por setenta y cinco centímetros. Juan les propone que sean más grandes para que se puedan ver mejor los insectos. Es la primera vez que Juan y Alfred están de acuerdo en algo.

Juan se dirige a la carpintería que tiene Papá Alberto. Sin esperar más tiempo empieza con su trabajo. Saca un metro, revisa unas maderas, las marca con un lápiz, toma un serrucho y comienza a cortar. El cuerpo moreno de Juan brilla por el sudor y con un trapo limpia su frente.

Papá Alberto por fin llega de su viaje a la Ciudad de México, entra a la carpintería y observa a Juan atareado.

—Hola, papá, ¿a qué hora llegaste? —dice Juan al ver a su padre.

—Voy llegando. ¿Cómo van las cosas aquí?

—Con la novedad de que al güerito y a Alitzel se les ocurrió juntar insectos para ver cuántos de ellos hay en la selva.

—Ah, caray. Eso si que está raro. Pero, bueno. ¿Y tú qué haces?

—Cajas para que los vean. Algo así como cuadros.

Juan le enseña su primera caja ya casi terminada.

—Yo te ayudo.

Papá Alberto empieza a unir con clavos las maderas que Juan tiene cortadas. Se ven las formas de cuatro cajas más. Inician una conversación que primero versa sobre las cajas y poco a poco se van desviando al tema de Alfred.

—Hijo, pensé que Alfred no te caía bien.

—Te digo algo, pa?, creo que estaba un poco celoso, por Alitzel.

—Ella es como tú hermana.

—Sí, pero es que antes hacíamos muchas cosas juntos, y ahora que llegó el güerito…, ya no me hace caso.

—Alfred es un buen muchacho.

—No quiero que la vaya a lastimar y si lo hace, se tendrá que enfrentar conmigo.

Juan serrucha con fuerza una madera y un trozo cae al suelo.

—Contigo, conmigo y tus hermanos —dice papá Alberto.

—Creo que el güero no la tiene tan fácil. —Papá Alberto mira a Juan al mismo tiempo que martilla uno de los maderos de una caja.

Mientras tanto, en la pensión, Chona, Alitzel, Alfred,

Pedro y Pepe están sentados alrededor de una fogata. Se hace tarde. Alitzel reparte tarros de barro con tanchuca y una pieza de pan dulce. Pepe da un sorbo y se le dibujan unos bigotes de chocolate que después limpia con un lengüetazo. Papá Alberto y Juan llegan cada uno con dos cajas.

—Viejo, ya llegaste. ¿Y eso? —pregunta Mamá Chona a su esposo.

Papá Alberto señala a Juan, como diciendo que eso es cosa de él.

—Son para los bichos —dice Juan.

Alitzel se levanta y da un beso en la frente a Juan. Él se sonroja.

—¿Qué haces Alitzel? ¡Guácala! Sabes que no me gustan los arrumacos. Sólo los de la Lupita. —Juan se pone nervioso y contesta tratando de disimular lo que siente por Alitzel.

—Ya quisieras, Juanito, ni te voltea a ver —bromea Alfred.

—Todas quieren ser mis novias, porque soy el más guapo del pueblo. Pregunta y verás.

—Ya estense —le llama la atención Mamá Chona.

Juan jala a Alfred y le advierte al oído que cuide de Alitzel. Alfred le responde que él va a cuidar de ella, que se quede tranquilo. Después los dos se dan la mano amigablemente.

—Y a ti, Papá Alberto, ¿qué tal te fue en la capital? —pregunta Alitzel.

—Me fue bien. Y a propósito, tu carta, Alfred, ya está en camino a Alemania.

—Se lo agradezco mucho.

Los días pasan y el patio trasero de la pensión se convierte en un lugar de trabajo para recibir y clasificar los insectos. Pedro y Pepe llevan en su caja de galletas los insectos que han encontrado. Juan les explicó que deben ponerlos en las canastas de colores para clasificarlos. La roja es para saltamontes y grillos; la verde, para cigarras; la amarilla, para escarabajos, y una canasta sin color para los demás insectos. Pedro y Pepe siguen las indicaciones tal como les ha indicado Juan.

Alitzel y Alfred ponen una lona para protegerse de los rayos del sol mientras trabajan.

Pepe mira una mariposa que tiene en la mano y se la lleva a la muchacha, quien ya ha terminado con su faena anterior.

—¿Qué hago con está? Juan no nos dijo en dónde se ponen las mariposas.

Ella acerca una canasta de color azul. Pepe se asoma, ve dentro diferentes mariposas y pone la suya con cuidado para que sus alas no se maltraten.

Mamá Chona y Papá Alberto, curiosos, se asoman por una ventana. Ven a sus hijos sacando y metiendo insectos en las cestas. Después, Alfred y Alitzel clavan los insectos con alfileres en hojas de cartón que se encuentran dentro de las cajas. Mejen, la cigarra, camina entre éstas como si diera el visto bueno a su trabajo.

Los demás muchachos del pueblo merodean cerca del patio para ver qué están haciendo. Ninguno de los tres hermanos se había presentado al partido de futbol y eso es en verdad extraño. Alfred al ver a los curiosos asomados por la barda, los invita para que los ayuden. En un principio los jovencitos están interesados en que su capitán de equipo y su hermano regresen al partido. Sin ellos no pueden ganar. Al ver las canastas con los insectos pierden interés por el partido y se quedan para ayudarlos. Un grupo de jovencitas, incluida Lupita, se les ha unido.

Los días siguientes todos llegan por la mañana. Algunos de ellos se van con Pedro y Pepe a buscar más insectos, mientras otros los separan en las canastas con Juan. Las jovencitas buscan que los insectos estén completos. Otros ayudan a Alfred y a Alitzel a clasificarlos.

En el mercado, las marchantas acomodan la mercancía en sus puestos. Petra, una señora de unos cuarenta años, delgada y con chongo, atiende un puesto de verduras. Mientras que en el puesto de frutas, María, una mujer más joven, de treinta años, bajita y con trenzas, limpia los plátanos. Petra, intrigada, pregunta a María si sabe qué están haciendo los chamacos. Ésta se encuentra igual de curiosa. Lo único que saben es que salen desde temprano, van a casa de Chona y regresan al anochecer.

Chona entra al mercado. Es la oportunidad que tienen las mujeres de saber qué pasa. Chona se acerca donde Petra, escoge zanahorias, papas y calabazas. Busca los chayotes, pero no los encuentra.

Cuando Petra va a preguntarle respecto a los chamacos, Chona se cambia al puesto de la fruta dejándola con la duda. Revisa las naranjas, sopesa una sandía y después un melón. María como no queriendo la cosa le pregunta a Chona si sabe qué están haciendo los chicos.

—Oye, Chona, ¿sabrás qué están haciendo mis hijos? Salen de la casa muy temprano y no los veo hasta la noche.

—Pues mira, te digo, están ayudando a mis hijos y al güerito a buscar bichos.

—¿Quién quiere buscar bichos? —pregunta María,

sorprendida.

Petra escucha lo que platican. No se extraña que los chamacos estén buscando insectos, aunque después lo piensa bien y pregunta:

—¿Para qué los quieren?

—Pues dicen que los va a recolectar para que los del pueblo los conozcan.

—Pero ya los conocemos —dicen Petra y María al mismo tiempo.

—A mí qué me dicen, pregúntenselo a ellos —replica Chona.

Inesperadamente, las marchantas quieren ayudar en el proyecto de los chicos. Petra se ofrece a llevarles verduras picadas; María, agua fresca de pepino, limón y piloncillo.

—Los chamacos van a estar contentos con todo eso. Lleguen temprano para que no les toque mucho sol —dice agradecida Chona.

Todos en el pueblo comenzaron a mostrar mucho interés por el asunto de los insectos. Incluso, cada vez que Alfred y Alitzel encuentran uno nuevo, lo anuncian en voz alta. Aplausos y fanfarrias festejaban el hallazgo. La colección se estaba haciendo cada vez más grande. Todo se convirtió como una maquina que funcionaba a la perfección entre canastas de colores, insectos, alfileres y cajas de madera.

Son las doce del día y los chicos ya tienen mucha hambre. Como todos los días, Chona, Petra y María llegan con cazuelas, los muchachos se les acercan. Unos muerden las zanahorias, otros chupan el jugo de las naranjas y unos más dan mordidas a unas rebanadas de sandía.

Alitzel llama a las mujeres para enseñarles la canasta

con mariposas. Sabe que el multicolor de sus alas les gustará. La cara de ellas al asomarse al canasto es de admiración y sorpresa. Han visto muchas de ellas, pero hay otras que parecen pintadas por la mano de un experto.

Llama la atención de María que aún no tienen una mariposa de color azul. Alitzel no se había dado cuenta de eso. Alfred pasa a su lado y alcanza a escuchar la conversación.

—¿En dónde la podemos encontrar? —pregunta Alfred intrigado.

—En la vereda cerca de la cascada —María responde.

—El color de sus alas cambia con los rayos del sol, son hermosas —dice Petra.

—¿Cómo ves si vamos mañana? —Alfred pregunta a Alitzel, quien acepta. Enseguida, Chona añade:

—La gente del pueblo va a necesitar un lugar en donde ver los bichos.

A María se le ocurre que pueden limpiar una choza abandonada que se encuentra cerca. Petra está de acuerdo con ella.

—No son bichos, se llaman insectos, Mamá Chona —Alitzel la corrige.

—Bueno, bueno, insectos —Mamá Chona se sonroja.

Alfred sabe que es una buena oportunidad para que la gente sepa lo que están haciendo y acepta la propuesta.

Los hijos de Petra y María enseña a sus mamás los insectos que encontraron y los que más les gustaron de sus compañeros.

Al día siguiente, en la cabaña, Chona avienta al piso agua con jabón de unas cubetas. Canta mientras trabaja. Petra y María friegan con escobas y generan una gran cantidad de

69

espuma. La choza va quedando reluciente de limpia. Un bonito museo para los insectos.

Mientras, Alfred y Alitzel van en busca de las mariposas azules. Llegan a una vereda desde donde se escucha el sonido de una cascada. Siguen el camino y algunas mariposas salen a su encuentro. Una de ellas se posa en la cabeza de Alitzel. Alfred piensa que la chica parece una flor. La mira enamorado y la toma de los hombros para acercarla a un riachuelo donde ella pueda ver el reflejo de la mariposa en su cabello. Alitzel se mira coqueta como si se estuviera viendo en un espejo. Se siente bonita ante la mirada de Alfred.

Un grupo de mariposas de color azul tornasol vuelan a su alrededor, parece como si el cielo estuviera en cada una de ellas. Alfred encuentra a la sombra de un tronco una de esas mariposas sin vida, la levanta con mucho cuidado para cerciorarse de que sus alas están completas. Alitzel observa lo que hace. Alfred sonríe. Tienen lo que estaban buscando.

Por fin, llega el día tan esperado por todos. El museo de los insectos abre sus puertas a la gente del pueblo. Alfred y Alitzel hacen de anfitriones, mientras Chona, María y Petra preparan las mesas con comida para los invitados. Todos se han reunido ahí. Hay gente fuera y dentro de la choza. Familias completas están entusiasmadas por ver el lugar. Cuando el último de los invitados entra, Chona toma la palabra:

—Bienvenidos a la Casa de los Insectos. Alfred y Alitzel, junto con los hijos de todos nos han dado un gran regalo.

Ahora Alfred toma a la palabra. Alitzel está a su lado.

—Gracias por toda la ayuda, sin ustedes no hubiéramos

podido hacer esto: buscar y recoger cada unos de los insectos, clasificarlos y disponerlos como ustedes los van a ver. Esto se hizo por aquellos que aman su tierra.

La gente del pueblo aplaude. Entusiasmados, quieren empezar a ver a los insectos.

Cajas con escarabajos, saltamontes, grillos, cigarras y mariposas cuelgan de las paredes. La gente los observa con atención.

Una niña va de la mano de su madre, mientras señala las mariposas.

—Mira, mamá, la mariposa azul. Es muy bonita. —La mujer la mira con ternura.

Un niño juega con un camioncito de madera, levanta la mirada. Tiene frente a él la caja con los escarabajos y los señala con sorpresa.

—¡Ese escarabajo parece tener cuernos!

Su padre, quien lo acompaña, señala otros. Unos parecen tener el cuerno más grande por lo que el pequeño profiere más expresiones de asombro:

—¡Mira ése y ése otro! ¡Cuántos colores! ¡Qué grandes! ¡Ése es muy chiquito!

Alrededor de Alfred hay un grupo de personas. Él explica todo cuanto sabe de los insectos y la música que hacen. Mejen entra por la ventana y se para en la cornisa. De repente se comienza a escuchar su sonido, música de la cigarra, que se combina con la voz de Alfred.

Alitzel y Chona reparten esquites. Pedro y Lupita platican mientras comen uno de ellos. Petra y María ofrecen aguas frescas en tarros de barro. Pepe juega con sus amigos corriendo entre la mesas y Juan con Papá Alberto revisan que la gente no toque los insectos. Todo está saliendo mejor de lo que pensaban.

VIENEN TIEMPOS DIFÍCILES

ALFRED VE POR LA VENTANA A LA GENTE que camina por la calle central del pueblo. Rayos de sol brillan en los techos de la casa. Todo parece estar en calma hasta que se escuchan golpes. Es Alitzel que toca con desesperación la puerta de la habitación.

—¿Qué pasa?

—Es Juan, la tierra se abrió y cayó dentro de un cenote.

Alitzel corre por la selva, Alfred va tras ella. Llegan al lugar en donde la tierra se hundió y Juan está dentro. Los muchachos le gritan para ver si está bien, pero él no contesta.

—Tengo que bajar —dice Alfred.

Alitzel preocupada sigue gritando a Juan esperando que conteste, pero sólo hay silencio.

El joven revisa a su alrededor y encuentra unas lianas que cuelgan de un árbol. Las jala y se asegura que estén bien agarradas a las ramas para amarrarlas a su cintura. Alfred entra al hoyo, se descuelga con cuidado, sabe que ese lugar en cualquier momento se puede venir abajo. Al apoyar sus pies en las paredes, descubre que están patinosas por la humedad que produce el agua del cenote. Llega al fondo donde está Juan, se quita la liana que trae amarrada a la cintura y revisa que el muchacho se encuentre bien, pero éste está inconsciente y sangra de la frente. Alfred lo mueve, Juan abre los ojos y se desmaya nuevamente.

—Juan está mal herido, necesitamos sacarlo de aquí. Ve por ayuda. Yo me quedo con él —grita Alfred a Alitzel.

Alitzel corre al pueblo, llega a la carpintería. Papá Alberto afila un machete. Alitzel tartamudea nerviosa.

—Papá, ven conmigo.

Papá Alberto para deja de golpe lo que está haciendo.

—¿Qué pasa?

Alitzel intenta explicar, pero no se entiende lo que dice.

—Respira y dime qué pasa, no te entiendo.

—Es Juan, en la selva, cayó en uno de los cenotes subterráneos.

Alitzel toma aire.

—Alfred está con él. Necesitamos de tu ayuda para poderlo sacar, está mal herido.

Alberto toma su cuerda y guantes. Alitzel y él llegan a donde está Alfred con Juan. La jovencita se acerca a la orilla del hoyo con la intención de buscarlos. La tierra empieza a ceder. Papá Alberto alcanza a detenerla justo antes de que se convierta en una nueva víctima de la tierra que se deslava. Alfred, al sentir los pequeños trozos de tierra sobre su cabeza, se da cuenta de que alguien debe de estar arriba.

—Alitzel, ¿son ustedes? —grita Alfred.

—Sí, y Papá Alberto viene conmigo.

Alberto amarra una cuerda a un tronco para asomarse en el agujero.

—Alfred, soy Alberto. ¿Cómo podemos ayudarte? ¿Qué tan firme está la tierra? ¿Y el agua?

—Necesitan sacarnos lo antes posible. El piso parece que se está hundiendo. Hay mucha agua.

Alfred se quita su paliacate del cuello y oprime con él la herida que Juan tiene en la frente para detener el sangrado.

—¿Cómo está Juan? —pregunta Papá Alberto preocupado.

—No lo sé, perdió el conocimiento, tiene una herida en la cabeza.

—Los vamos a sacar. Dime si la liana con la que bajaste los puede aguantar a los dos.

—No lo creo. Prefiero salir yo primero con la liana para, entre los tres, poderlo sacar.

—Te lanzo una cuerda para que ates a Juan y lo podamos jalar desde arriba.

Papá Alberto se quita la cuerda y se la lanza a Alfred, quien la amarra a la cintura de Juan. Alfred sale del hoyo con ayuda de la liana, trepa por la pared con dificultad y se resbala una y otra vez hasta que lo logra.

Los tres jalan desde arriba con fuerza a Juan, hacen una polea con el tronco de un árbol, hasta que el cuerpo de Juan, aún inconsciente, se asoma. Una vez afuera, Papá Alberto y Alfred lo arrastran a un lugar seguro donde Alitzel comienza a limpiar su herida con un trozo de tela que corta de su delantal.

Juan va recuperando el conocimiento, se ve desorientado y se toca la cabeza. Le duele.

—No hagas eso, Juan —dice Alitzel.

Él la mira tratando de enfocar su rostro. La cara de Alitzel cada vez es más clara para el chico.

—Me duele, ¿qué me pasa?

—Tuviste un accidente —dice Alfred a la vez que se limpia sus manos.

—¿Cómo te sientes, hijo?

—Un poco mareado.

Alberto revisa la herida. No es grave, sólo fue el golpe.

—¿En que estabas pensando, Juan? Sabes que esta es una zona de cenotes y que la tierra se hunde con facilidad. ¡Chamaco sonso!

Alitzel hace un corte al tronco de un árbol. De él sale un líquido blanco lechoso, lo revuelve con un poco de lodo y como cataplasma lo pone en la herida de Juan, tapa la mezcla con una hoja de un árbol que sujeta con el listón de su trenza. El muchacho adolorido bromea con Alitzel:

—Si hubiera sabido que me ibas a cuidar de esta manera, lo hubiera hecho antes.

—Deja de bromear, Juan, no fue divertido.

La jovencita, asustada, da un golpe en el hombro de Juan.

—¡Órale!, ¿qué no ves que estoy lastimado?

—Ni se te ocurra, no sabes el susto que me diste. Deberías darle las gracias a Alfred que arriesgó su vida por ti.

Juan, con la ayuda de Alitzel, se incorpora y da la mano a Alfred agradecido por haberlo ayudado.

—Te debo una, amigo.

Es la primera vez que Juan llama amigo a Alfred.

—No te preocupes. Lo importante es que estás a salvo.

Papá Alberto bromea con ellos.

—Si ya acabaron, nos podemos ir, ¿no?

Alfred y Juan se sueltan rápido. Papá Alberto sonríe por la actitud de los jóvenes.

Juan se apoya en su papá de camino al pueblo mientras que Alitzel y Alfred conversan sobre lo que acaba de pasar.

A la semana siguiente, en la Casa de los Insectos, Alitzel y Alfred están sentados en una pequeña mesa de madera mientras revisan un libro de entomología que sacaron de la biblioteca del pueblo.

Papá Alberto entra en la choza y trae un sobre en la mano. Es una carta para Alfred.

El remitente dice: "Eric Notni Wolf. Dresden, Alemania". El chico la abre con emoción. Comienza a leerla.

Querido hijo:

La guerra en Europa es cada vez más cruenta. Alemania está irreconocible. La persecución a nuestros amigos judíos no para. Los han arrestado y llevado a campos de concentración de donde ya no regresan. Los jóvenes alemanes son enlistados, convencidos por las palabras de Hitler, para dar su vida a una guerra que no tiene sentido. Europa se ha teñido de sangre. Lo único que me deja tranquilo es que tú estás a salvo lejos de todo esto.

Hijo, recuerda que estás en mi corazón. Cuídate.

Tu papá, Eric Notni Wolf

La cara de Alfred se ve desencajada. Mete la carta en el sobre y camina hacia la puerta de la choza sin decir una sola palabra. En su mirada hay desesperanza. Esa carta traía malas noticias, pero sólo Alfred sabe lo que pasa. Alitzel lo intenta detener del brazo antes de que salga de ahí.

—¿A dónde vas? ¿Qué pasa?

—Tengo que regresar a Alemania lo antes posible.

Alfred se sigue de frente recordando las palabras que acaba de leer. Alitzel, angustiada, le pide que le diga qué es lo que ocurre. Nunca lo había visto así.

—Las cosas en mi país están muy mal y mi papá está solo allá.

Alitzel mira a Papá Alberto y éste se encoge de hombros. Alfred se dirige a él. Está triste y tiene un dejo de enojo.

—Usted sabía lo que está pasando en mi país, ¿por qué no me dijo nada?

—Porque es peligroso para ti. En México te buscan y en Alemania también.

—De cualquier manera, necesito irme.

—Tú sabes que si te detienen vas a acabar en un campo de retención y desde ahí no vas a poder ayudar a nadie.

—¿Quiere que no haga nada y me quede con los brazos cruzados mientras mi papá está en peligro y mis amigos judíos desaparecen? Soy el único hijo y no estoy con él para ayudarlo si me necesita.

Alitzel interrumpe la conversación.

—Alfred, el lugar más seguro para ti es Nuevo Durango.

—Escucha a Alitzel. Ella tiene razón. Tu papá va a estar tranquilo de saber que estás lejos de la guerra.

Alfred baja la cabeza.

—Eso dice su carta, pero no me puedo quedar sin hacer nada.

—Escucha a tu padre, hijo. Ya habrá el momento para que regreses a Alemania, por ahora no lo hagas.

Alfred cierra el puño con frustración.

—Siento mucho no haberte dicho antes lo de tu país, pero si uno de mis hijos estuviera lejos de la familia, quisiera que alguien lo cuidara y le diera un buen consejo para mantenerlo con bien y a salvo.

—Alfred, formas parte de nuestra familia.

El muchacho va soltando el puño de su mano. Se acerca a Papá Alberto y lo abraza, como si estrechara a su papá.

Por la noche, Alfred está en su recamara sentado frente al viejo escritorio. Se pone sus lentes, moja una pluma en un tintero y comienza a escribir en un papel en blanco.

Querido Papá:

Me entristece lo que leo en tu carta…

Alfred rompe la hoja y la tira en el bote basura. Toma otra y comienza a escribir de nuevo:

Necesito que me perdones…

La rompe otra vez y la tira al bote de basura. Los pedazos de papel sobresalen al igual que la frustración que siente el joven. Alfred no puede encontrar las oraciones que quiere que su padre lea. Quisiera contarle la impotencia y tristeza que lleva por dentro, pero las palabras se quedan cortas para expresar los sentimientos que oprimen su pecho.

Respira profundo, ve la última hoja que le queda, moja su pluma y con la primera palabra que escribe, una lágrima cae y chorrea la tinta que aún no se seca sobre el papel. Con tristeza estruja la hoja. Mira por la ventana y se pierde en el cielo que está iluminado por una luna llena. La música de los insectos lo acompaña con la melancolía de la selva que pareciera entenderlo.

—Viejo, por favor, perdóname por haberte dejado —dice Alfred en voz alta mientras se limpia las lágrimas que ruedan por su mejilla.

Los días pasan y Alfred se ve ensimismado. La guerra lo acompaña como si la estuviera viviendo a cada momento.

"¡La guerra se recrudece en Europa! Países enteros son arrasados por bombas", dice el titular del periódico que revisan Papá Alberto y Juan. Alitzel palidece en cuando le muestran el encabezado.

—Esto no lo puede ver Alfred —dice la muchacha. Al instante entra Alfred al comedor y Juan apenas alcanza a esconder el periódico detrás de su espalda.

—¿Han visto el periódico? Quiero saber si hay alguna noticia de la guerra.

Alitzel y Juan se miran nerviosos. Alfred se da cuenta.

—Ustedes lo tienen. Dénmelo.

Juan titubea cuando ve que Alitzel mueve la cabeza en señal de que no debe verlo. El chico dirige la mirada hacia su padre.

—Dale el periódico a Alfred —dice Papá Alberto.

—Pero, papá.

—¡Dale el periódico!

Juan extiende la mano a regañadientes y le entrega el diario a Alfred, quien lee en voz alta

—"¡La Guerra se recrudece en Europa! Países enteros

son arrasados entre bombas".

Alfred, frustrado, aprieta el periódico.

—¿No se dan cuenta de que en las guerras nadie gana y todos pierden? Europa ya pasó por una guerra y no aprenden. Gente inocente muere, las ciudades son destruidas. El hambre y la tristeza llenan Europa. ¿Y para qué? Para satisfacer el deseo de poder de unos cuantos.

Papá Alberto se acerca a Alfred.

—Tienes razón, nos hacen creer que las guerras son para nuestro beneficio cuando en verdad no es cierto.

—¿Por qué no nos dejan vivir en paz? —dice Alitzel enojada.

Mamá Chona escucha la conversación desde la cocina, camina a donde están ellos.

—Todos somos hijos de la tierra —exclama Mamá Chona.

—Somos hermanos —añade Juan.

—Sí, Juan, somos hermanos en una misma tierra, haciendo caso a unos locos que la creen suya —asevera Alfred.

Pensativos, los cuatro guardan silencio hasta que Pepe y Pedro llegan platicando del partido de futbol. Los chicos observan las caras largas.

—Ora, ¿quién se murió? ¿Qué mosca les pico? —pregunta despistado Pedro.

Alitzel le da un pisotón para que se calle.

—¿Qué hice?

—Nada, Pedro, cuéntanos del partido —le dice Alfred.

—Mira, me dieron un pase y burlé, desde la media cancha, a los jugadores del otro equipo y a unos pocos pasos de la portería le hice un pase a Pepe que…

—Vi la portería, chuté lo más fuerte que pude y ¡goooooool! —Pepe completa la narración de su hermano.

Por unos momentos todos se olvidaron de la guerra para festejar la proeza deportiva.

Como era hora del almuerzo, los tamales comenzaron a pasar de uno a otro lado de la mesa mientras seguían contando las anécdotas del balonpié.

Un poco más tarde, en la selva, Alitzel espera a Alfred para la clase de piano que acostumbran. Camina asomándose por la vereda una y otra vez. Pasa sus dedos sobre las teclas labradas en el tronco. Entona unas cuantas notas mientras mueve sus dedos que cada vez van teniendo más agilidad. Parece como si el canto de los insectos la acompañara en una melodía cuya letra sólo conoce la selva. Después de un rato se detiene al darse cuenta de que Alfred no llega y que seguramente no lo hará.

Alfred ensimismado y triste camina cerca de la cancha de futbol. Juan, quien juega con sus hermanos y amigos, da un pase al joven esperando que lo conteste, pero ni siquiera eso lo hace desistir de sus pensamientos. Ignorando lo que ocurre al rededor, se sigue de frente.

Los chicos se ven preocupados por Alfred, se ha convertido en una sombra de lo que era.

Alfred se dirige a la Casa de los Insectos. Alitzel, quien viene de la selva, lo alcanza a ver y corre tras de él. Los dos entran en la choza.

—Te estuve esperando para mi clase de piano.

—Lo siento, se me olvidó.

—No importa, no te preocupes, aunque te perdiste de una gran presentación. Espero que no falte a la siguiente clase, señor maestro —dice Alitzel sonriendo.

Alfred parece no escucharla.

—¿Qué decías, Alitzel?

—No, nada.

El entusiasmo de Alitzel no parece ser afectado por el poco interés que demuestra Alfred.

—¿Qué vamos a hacer? —pregunta ella.

Él apenas contesta, como si hubiera dejado de tener interés en todo.

—Lo que tú quieras.

En una mesa hay montones de insectos. Alitzel se trenza el cabello. Abre el libro de entomología y comienza a clasificarlos de acuerdo con lo que va leyendo. Alfred mira por la ventana distraído.

Alitzel deja de hacer lo que está haciendo, toma la mano de Alfred y mientras lo mira le dice:

—Sé por lo que estás pasando.

—Gracias. Lo aprecio. Lo que pasa es que no he recibido respuesta de las cartas que envié hace meses —responde Alfred.

En ese momento, precisamente, Pedro entra corriendo a la choza con un paquete bajo el brazo. Alfred ve con tristeza que son las cartas que le escribió a su padre devueltas por el correo a causa de la guerra. Eso lo desanima aún más. El contacto con él se está perdiendo.

Alfred muestra las cartas a Alitzel.

—No he podido decirle que me perdone. Siento que soy un hijo egoísta. Mientras el padece en Alemania yo estoy aquí en un lugar lleno de paz. ¿Cómo puedo estar feliz con este dolor en el pecho?

Alfred se ve abatido. Se desploma en una silla. Alitzel pone la mano del joven en su propio pecho.

—Siente el latir de tu corazón, respira profundo mientras escuchas la música de tu espíritu. Entrega tu paz a quienes te aman porque lo que tú sientes es lo que ellos también percibirán.

Alfred abraza con fuerza a Alitzel y las lágrimas le resbalan por sus mejillas.

Los días pasan y Alfred se hace a la idea de que su lugar es en Nuevo Durango. Poco a poco se libera de la culpa que siente por no poder esta con su papá. Le queda el consuelo de que algún día, cuando termine la guerra, podrá regresar con él.

Alfred y Alitzel reanudan sus clases de piano en el tronco. Él canta una canción que acompaña con una bonita melodía. Alitzel mira detenidamente las manos de Alfred tratando de grabarse cada uno de sus movimientos. Llega su turno e intenta una y otra vez mover las manos como Alfred.

—Qué difícil —dice Alitzel frustrada por no poderlo replicar.

—Relaja tus dedos, están muy tensos. —Alfred la corrige y vuelve a entonar la melodía de la canción.

Bromeando, la muchacha se levanta y baila dando vueltas para enseñarle que no está tensa.

—Los que están tensos son tus dedos, no tus piernas —agrega Alfred.

—Vamos, Alfred, baila conmigo.

Alfred se acerca a Alitzel. Intenta bailar pero el joven no tiene ritmo.

—Estás muy rígido, mueve tus piernas como tus dedos. A tu papá le gustaría verte feliz. Ríe tan fuerte que él te pueda escuchar —dice Alitzel disfrutando del movimiento de su cuerpo.

Una sonrisa se asoma en la comisura de sus labios de Alfred. Se empieza a relajar, mientras se deja llevar por los pasos que Alitzel le enseña. Da vueltas a la par que ella. La joven se divierte viendo cómo el joven se va soltando. Es un juego que divierte a ambos.

—Ya fue mucho juego, ¿no crees? ¿Seguimos con la clase?

Alitzel prefiere seguir bailando.

—Mejor dejamos la clase de piano para otro día —dice sonriendo la joven.

—Alitzel, dijiste que querías aprender —responde Alfred serio.

—Ándale, Alfred. Sólo por está vez.

—Un buen pianista necesita practicar mucho.

Alfred jala el pequeño tronco que sirve de banco para que ella se siente.

—A tomar la clase, señorita.

Alitzel refunfuña. Se sienta frente al piano, pone los dedos de la mano derecha en las teclas, después los de la mano izquierda. Alfred está a su lado dirigiendo los movimientos que hace la joven.

—Suelta la muñeca, no tenses los dedos y apoya las yemas sobre las teclas.

La joven sigue todas las indicaciones. Sus manos se empiezan a mover con mayor pericia. Alitzel, sorprendida, pregunta a Alfred si vio cómo lo hizo.

—Dentro de poco vas a ser una gran pianista, ya lo veras.

Alitzel, orgullosa, asiente con la cabeza.

En la pensión, Pedro y Pepe buscan a su hermano, acaban de encontrar algo que quieren enseñarle.

—Juan, ¿en dónde estás?

—¿Qué pasa? —Juan se asoma por las escaleras.

—¡Corre! Tienes que ver lo que encontramos —dice Pedro.

Juan sale con sus hermanos de la pensión. Recorren el camino de las mariposas. Al llegar a una hondonada señalan su hallazgo. Frente a ellos hay sillas rotas.

—Qué extraño. ¿Porque estarán aquí? —Juan dice a sus hermanos.

—Han de ser del camión que se volcó hace dos años —contesta Pedro.

—Tiene que haber más cosas, hay que buscar —añade Juan entusiasmado.

Los jóvenes buscan detrás de los arbustos. Encuentran una mesa y una cómoda que están cubiertas por la maleza. Entre los tres jalan los muebles para llevarlos a la carpintería y arreglarlos.

Pepe persigue un sapo cuando, de pronto, ve detrás de los árboles un artefacto destartalado.

—¡Vengan! —llama el chico a sus hermanos.

Juan nunca había visto algo así. Propone llevarlo con las otras cosas y si no sirve, quizá podrían usarlo como leña.

Al llegar a la carpintería, Juan y Pedro enseñan las sillas, la cómoda, la mesa y el artefacto a Papá Alberto, quien revisa este último de arriba a abajo.

—Muchachos, ¿saben que esto es un piano?

—¿Esa cosa que Alfred está enseñando Alitzel a tocar? —dice Juan a su padre.

—Sí, eso mismo.

Papá Alberto se muestra incrédulo por lo que ve.

—Pedro, ve por Alitzel y Alfred. Tienen que ver el esto.

Los chicos entran con Pedro a la carpintería. Papá

Alberto y Juan los esperan. Alitzel y Alfred se topan con el piano viejo y destartalado. Alfred saca sus lentes del bolsillo de la camisa y se acerca, jala un banco de madera, lo pone frente al teclado. Lo empieza a tocar. De algunas teclas sale un sonido hueco y de otras no sale ninguno. Pero Alfred mueve sus manos como si estuviera dando un concierto. Papá Alberto, Juan y Alitzel lo miran. Pedro lo ve mientras se limpia las manos con un trapo. Alfred se queda con unas teclas en la mano y todos ríen.

—¡Lo podemos restaurar! —Les dice Alfred entusiasmado.

Alitzel ve el piano con ilusión. Por fin ve un piano de verdad.

—Vamos a dejarlo como nuevo —dice Juan.

—Les voy a enseñar todo lo que aprendí de mi papá, el mejor restaurador de pianos de Alemania.

—Con la ayuda de los mejores carpinteros del pueblo —dice Pedro sonriendo.

—¿Y esos quiénes son? —bromea Alfred.

—¡Pus nosotros! —Juan se señala.

Pepe entra a la carpintería se va directo al piano.

—¿Qué es, papá?, ¿te ayudo a hacerlo leña?

Sin dar tiempo a una respuesta, el chiquillo agarra un hacha, y cuando va a dar el primer golpe al piano se escucha un ¡no! de todos. Asustado, Pepe suelta el hacha.

—Se llama piano —le dice Alfred

—¿Un qué?

—Un piano —repite Juan.

—¿Y eso para qué sirve?

—Para hacer música —Alitzel interviene.

—¿Como lo tambores?

Pepe golpea con la mano la tapa del teclado.

—Pero si éste no suena.

Pepe golpea con más fuerza la tapa y se escucha el crujir de las patas del piano que están por romperse.

—Párale, hermanito, que vas a acabar con él —dice Juan.

Alfred pasa el brazo por el hombro a Pepe.

—Deja que lo arreglemos y podrás escuchar su música.

Pepe pasa su mano por el piano y que queda llena de polvo.

—No sé qué es un piano, pero esto necesita que lo limpiemos.

Pepe toma un trapo y empieza a limpiarlo. Alfred y Alitzel se le unen, después Pedro, Juan y Papá Alberto. Aquel piano viejo y destartalado estaba siendo el nuevo proyecto familiar.

Chona se columpia y se abanica sobre la hamaca en la terraza de la pensión. Ve llegar a todos entusiasmados.

—¿Por qué vienen mugrosos?

Todos se ríen en complicidad.

—Es una sorpresa —dice papá Alberto.

Ella los mira intrigada y toma a Pepe de la mano.

—Tú si me vas a decir.

Pepe niega con la cabeza.

—¡No! Las sorpresas no se cuentan, ¿verdad, papá?

—Sí, Pepe, no se cuentan. —Papá Alberto guiña el ojo al chico.

—Ya ves, mamá.

—Ya que no me quieren contar, lávense las manos antes de que la cena se enfríe.

El sol esta saliendo. Un gallo canta parado en el techo de una casa. Alfred lo escucha, abre un ojo y ve por la ventana que amanece. Se levanta de la hamaca y se estira. Mejen camina por el nudo de la hamaca. Se escuchan pasos en el pasillo y enseguida tocan a la puerta de su habitación.

—Alfred, despierta. Ya es hora, mis hermanos ya nos esperan abajo —dice Alitzel.

Alfred abre un poco la puerta.

—Ahí voy. Deja ponerme los zapatos y salgo.

—Te esperamos abajo.

Juan, Pedro y Pepe llevan con ellos herramientas de trabajo. Alitzel prepara comida. Alfred la ayuda acomodando una canasta. Sólo falta Papá Alberto. En eso, llega fajándose la camisa. Ahora sí, todos están listos. Salen de la pensión, se ven animados por el piano que van a restaurar.

En la carpintería, Alfred enseña a Juan y a Pedro a quitar las cuerdas. Una a una, van saliendo y se las dan a Alitzel para que con ayuda de Pepe las laven. Papá Alberto y Alfred quitan las teclas, separan las que sirven y miden las que no para hacer unas nuevas. Después, entre todos, comienzan a desarmar el piano. Una vez que lo hacen, las partes parecen las piezas de un rompecabezas. Es un trabajo que sólo puede hacer alguien como Alfred, que ha aprendido el oficio de un experto como su padre.

Al día siguiente continúan trabajando. Alfred se ve preocupado, el piano está más maltratado de lo que parece. Mucha de la madera está podrida y tiene termitas. Alfred, Juan y Papá Alberto revisan qué madera se puede usar. Pedro saca de la carpintería la madera que ya no sirve. Pepe y Alitzel lijan las teclas.

El aserrín vuela por todos lados. Mejen, que acaba de entrar por la ventana, se tiñe de color amarillo por el polvillo de la madera. Ella se posa en la cornisa y zumba. Trata de quitarse el aserrín meneándose y haciendo su peculiar sonido. Juan la escucha y comienza a golpear rítmicamente una caja de madera como si se tratara de un tambor. Al son del zumbido de la cigarra, Pedro los acompaña tocando otra caja. Es música de tambores improvisados. Alfred toca unas cuantas cuerdas del piano, se las ingenia para que suenen. Pepe y Alitzel usan unas latas llenas de clavos como maracas. Hasta papá Alberto tararea una canción mientras corta una madera y lleva el ritmo con sus pies. Maracas, tambores, cuerdas de un piano destartalado y viejo siguen el sonido de Mejen. El lugar se llena de música improvisada.

LOS MILITARES EN NUEVO DURANGO

Mientras Pedro camina por el pueblo, un par de militares que recién han llegado a Nuevo Durango observan lo que pasa. Uno de ellos detiene al muchacho, quien los mira desconfiado. Pocas veces se veían individuos así en el pueblo. Su presencia no podría significar nada bueno.

—¿Qué quiere, señor?, voy de prisa.

—Nos han informado que aquí vive un alemán, puede ser peligroso ¿Lo has visto?

Pedro disimula y se hace el que no entiende.

—No, señor. Aquí no hay nadie con ese nombre.

—No seas tonto. Un alemán es alguien que no es de aquí —contesta el cabo.

—Pus si no es de aquí, para qué me preguntan —contesta Pedro intentando confundir la conversación.

El sargento interrumpe al cabo.

—Mira, muchacho, un alemán es una persona que viene de otro país con el que estamos en guerra, puede ser un espía peligroso.

Pedro simula estar confundido. El sargento enseña una carta a Pedro.

—¿Sabes dónde queda esta dirección?

Pedro se da cuenta de que es la dirección de la pensión y trata de confundirlos para ganar tiempo y poder avisarle a Alfred.

—Sí, señor, es muy fácil llegar. Siga por el camino grande, llegue hasta donde está el árbol más alto, de la vuelta hasta que encuentre tres casas del mismo color, camine a un lado de ellas, después se va a encontrar con un corral de cerdos. Ahí pregunte.

—Déjalo, éste no sabe nada —dice molesto el sargento al cabo—. Vete de aquí. Ya no nos quites el tiempo —le dice a Pedro.

El cabo mira con desprecio al chico, quien camina tranquilo hasta que se da cuenta de que los militares ya no lo observan; enseguida corre a la carpintería en donde están todos arreglando el piano. Apenas si puede hablar, jadea.

Papá Alberto, al verlo agitado, sabe que algo no está bien. Pedro pide un segundo para respirar y decirles lo que pasa. Todos, impacientes, tienen puesta su mirada en él.

—Unos militares están buscando a Alfred. Tienen una carta con la dirección de la pensión. Dicen que es un peligroso espía alemán.

—¿Yo? ¿Peligroso? ¿De qué hablan?

—Alfred, mientras sabemos de qué se trata, escóndete en la cueva de los murciélagos. Corre muchacho, no pierdas tiempo —le dice Papá Alberto.

—Yo te llevo —se ofrece Alitzel.

Alfred pide a Juan que corra a la pensión y quite de su cuarto todas sus cosas, en especial la foto de él con su papá, antes que los militares la vean.

Juan y Pepe, escondidos detrás de un árbol, miran como los militares están por tocar a la puerta de la pensión. A Juan se le ocurre una idea. Da una patada en la espinilla a Pepe que grita llamando la atención de los militares. Juan aprovecha la distracción y entra en la pensión por la puerta trasera.

Los militares llegan hasta donde está Pepe, quien, al verlos, se avienta al suelo y actúa exagerando el dolor de su pierna.

—Me duele mucho, ayúdenme.

El sargento revisa la pierna del chico que tiene un moretón y la espinilla hinchada.

—Espera, niño, voy a pedir ayuda en esa pensión —ofrece el cabo.

—¡No! No me quiero mover, me duele mucho. No me dejen solo —sigue actuando Pepe.

El sargento camina impaciente a su alrededor.

—Sargento, ya déjelo, ese chamaco no tiene nada.

El sargento le echa una mirada a Pepe, quien continúa doliéndose de la pierna.

—Mira, chamaco, sóbate y verás que se te quita. Nosotros tenemos cosas que hacer.

Pepe intenta detenerlos, pero los militares no le hacen caso.

Mientras esto ocurre, Juan entra en la pensión y sube las escaleras con rapidez.

—¡Mamá Chona!, ¿en dónde estás?

Mamá Chona sale de la cocina.

—¿Qué pasa, Juan?

—Hay unos militares que vienen por Alfred, necesito esconder sus sus cosas antes de que las encuentren.

En ese momento tocan a la puerta. Mamá Chona hace una señal a Juan para que se apure. Espera un poco y abre.

—¿Qué se les ofrece?

—¿Podemos pasar? —pregunta el sargento.

Mamá Chona les hace una señal para que entren.

—Tengo agua de limón, ¿quieren un vaso? Afuera hace mucho calor.

—Sí, gracias —responde el cabo.

Mamá Chona prepara el agua de limón en la cocina. Quiere hacer tiempo. Juan brinca por la ventana, trae en la mano una maleta y los lentes de Alfred. Un cristal de éstos cae en el marco de la ventana, pero Juan no se da cuenta.

Mamá Chona ve pasar a Juan por la ventana de la cocina, suspira tranquila, toma la jarra y dos vasos. Llega al comedor y se las sirve a los militares. El cabo se la toma de un trago mientras el sargento apenas la prueba y la deja en la mesa. Va a empezar a hablar cuando el cabo lo interrumpe:

—Señora, ¿me podría dar un poco más?

Mamá Chona le sirve con lentitud desesperando al sargento que está impaciente por preguntar por Alfred. Su cara no puede disimular las impertinencias del cabo y éste, al verlo enojado, deja el vaso de agua sobre la mesa.

—Mire, señora —dice el sargento.

—¿Qué se les ofrece?

El sargento entrega una carta a Mamá Chona. Ella la revisa.

—¿Y esto? ¿Qué es?

—Es la carta de un alemán y tiene la dirección de este lugar —contesta el sargento.

Mamá Chona regresa la carta al cabo.

—No, señor, yo no he visto a ningún alemán por aquí, se han de haber equivocado. Ya ve cómo son en estos pueblos que les da por ponerles el mismo nombre. El otro día, mí comadre Marcela me platicó que tomó un camión, se quedó dormida y cuando despertó, no sabía en dónde estaba. Pasó tres días para llegar a su casa porque la habían llevado a otro pueblo que se llama Nuevo Duranguito.

—Señora, ¿no se da cuenta el peligro que puede correr? Hablamos de un espía de guerra alemán.

—¿Guerra? ¿No me diga que ya entramos en una guerra? Mire usted cómo están las cosas en estos días. Una guerra y yo ni por enterada.

Mamá Chona empieza a hiperventilar.

—Tranquila, señora —dice el cabo mientras le sopla con un abanico que está en la mesa.

—Le voy a decir a mi viejo que saque su escopeta, por si llega el enemigo.

—Tenemos orden de revisar todo el lugar —dice serio el sargento.

—Muy bien, señor militar, así me voy a quedar más tranquila.

Los militares suben las escaleras y revisan habitación por habitación hasta que llegan a la de Alfred. Mejen se para en la cabeza del cabo, quien, molesto, la espanta con la mano. Ella se para después en su oreja. Él la intenta espantar de nuevo y se golpea a sí mismo al darle un manotazo. El sargento lo mira, no puede creer la clase de tonto que va con él.

—Deja de jugar y pon atención —ordena el sargento.

El cabo busca dentro de un ropero, pero está vacío.

—Vámonos, aquí no hay nada más que bichos —dice el sargento.

—¿Encontraron algo? —pregunta Mamá Chona.

—Nada, puede estar tranquila —contesta el sargento al momento de salir de la pensión.

Mamá Chona descansa al verlos irse.

—Que no lo atrapen, por favor —dice Mamá Chona mirando al cielo.

Cae la tarde y los militares regresar a la pensión. El sargento toca a la puerta. Chona se pone tensa, toma aliento y abre la puerta.

—¿Se les olvido algo?

—¿Tendrá un cuarto para pasar la noche? Ya es tarde para regresar a la capital.

Mamá Chona titubea, pero piensa que es mejor tenerlos vigilados.

—Sólo les pido que dejen la habitación mañana temprano, estamos esperando a unos huéspedes.

—Sí, señora, no se preocupe. Ya no tenemos para que estar aquí.

Mamá Chona se acerca a un cajón donde están las llaves de los cuartos, saca la que corresponde al cuarto tres y se la entrega. Los militares toman la llave.

—La habitación tres está al fondo del corredor.

En el corredor hay una ventana abierta, la cortina se mueve por el viento. El cabo se acerca para apreciar la vista del pueblo. Encuentra en la cornisa el cristal de unos lentes.

—¿Ya vio esto, sargento?

—¿Qué es?

—El cristal de unos lentes.

El sargento lo revisa con detenimiento.

—Es extraño. ¿Qué hace esto aquí?

—Tenemos que investigar quién es el dueño. ¿No cree, jefe?

—Ya te dije que no soy tu jefe, soy tu sargento.

El sargento guarda el cristal del lente en la bolsa de su camisola y se meten en su habitación.

Juan llega con las cosas de Alfred a la carpintería.

—Papá Alberto, tenemos que esconder las cosas de Alfred.

—Ponlas entre el aserrín, ahí nadie las va a encontrar.

A Juan se le caen los lentes, al levantarlos se da cuenta de que le falta uno de los cristales.

—No puede ser.

Juan busca entre el aserrín, pero no encuentra nada.

—¿Qué pasa? —pregunta Papá Alberto.

—A los lentes de Alfred se les cayó uno de los cristales y no sé en dónde. Si lo encuentran los militares, van a hacer más preguntas.

Pedro y Pepe, quienes también están en la carpintería, esperan instrucciones de Papá Alberto.

—Acompañen a Juan a la pensión y ayúdenlo a encontrarlo.

Afuera de la pensión, Juan da instrucciones a Pepe y Pedro.

—Pedro, a mi señal entra por la puerta del patio y distrae a los militares. Y tú, Pepe, quédate afuera. Cuando mueva la cortina, entras llorando.

Juan entra en la pensión. Mamá Chona está sentada en una silla; con señas dice a Juan que los militares están arriba en la habitación tres. Juan muestra los lentes de Alfred a Mamá Chona, dándole a entender que les falta un cristal. Se escucha que alguien baja las escaleras, son pisadas fuertes de botas. El sargento trae el cristal y juega con él en las manos. Al verlo, Juan se pone nervioso.

—Ese vidrio es mío, se le cayó a mis lentes.

El sargento se lo enseña a Juan.

—¿Te refieres a esto?

—Sí.

El cabo se mete en la conversación de una manera arrogante.

—¿Y tú quién eres?

—Soy Juan y ésta es mi casa. Mejor díganme qué hacen ustedes aquí.

El sargento, al ver la reacción de Juan, intuye que hay algo sospechoso.

—Juan es mi hijo, denle el cristal de sus lentes, lo necesita.

Juan camina hacia el sargento y, a propósito, se tropieza con una silla para que se den cuenta de que no ve bien.

—Te lo doy si me dices que estaba haciendo en la cornisa de la ventana.

Es un lugar muy extraño para perderlo, ¿no crees?

Juan titubea nervioso. Pedro escucha escondido en la cocina y se da cuenta de que los militares están acorralando a Juan. Interrumpe la conversación.

—Miren, miren. Si son los militares que me encontré en la calle. Ya dieron con la pensión, qué bueno —dice burlón.

El sargento los mira desconfiado.

—Y tú, ¿qué haces aquí? —pregunta el Sargento.

—Soy Pedro, hijo de Mamá Chona.

—Bien. Y regresando a nuestro asunto, dime tú cómo llegó este cristal a la cornisa. —El sargento comienza a acorralar a Juan, quien, nervioso, se acerca a la ventana y mueve la cortina para que Pepe entre a la casa.

Pepe entra llorando dolido de su pierna.

—Mamá Chona, me duele mucho.

Los militares se ven confundidos. Mamá Chona consuela a Pepe mientras pregunta qué le pasó.

—Estaba jugando y me caí sobre mi pierna, y esos señores no me quisieron ayudar.

Mamá Chona ve a los militares de una manera inquisidora.

—¿No quisieron ayudar a mi chamaco?, ¿qué no están los militares para ayudar a la gente y más a un chiquillo como el mío? Vergüenza les debería de dar.

—Sí le ayudamos —dice el cabo.

—¿No era de importancia?, miren nada más. Buscan a esos alemanes para salvarnos y no pueden ayudar a un chamaco. —Mamá Chona ya no hace caso a los militares y revisa la pierna de Pepe. —Mijo, ¿te duele mucho?

—¡Sí, mucho, mucho!

—¿No me diga que él también es su hijo? —pregunta el cabo rascándose la cabeza.

—Parece que nunca han visto chamacos.

—Sí, pero éstos salen de todos lados.

El sargento no quita el dedo del renglón, sigue mirando a Juan de manera sospechosa. El chico se da cuenta de que no va a ser fácil recuperar el cristal de los lentes de Alfred. Se despide de Mamá Chona y sale con Pedro de la pensión.

—Oye tú, no te vayas. Necesitamos hablar de tus lentes.

—No tengo tiempo. —Juan sale sin atender la orden del sargento.

Mamá Chona cura a Pepe en el patio trasero y los militares se quedan solos, desconcertados por lo que acaba de ocurrir.

En la carpintería, Juan y Pedro le avisan a Papá Alberto que los militares van a pasar la noche en la pensión.

—No pude recuperar el vidrio de los lentes de Alfred. Los militares se veían intrigados por el lugar en donde lo encontraron y me empezaron a hacer muchas preguntas. Si no es por mis hermanos, no sé qué hubiera pasado.

—Avisen a Alfred y a Alitzel que no vengan para el pueblo.

Juan y Pedro entran en la cueva, llevan mantas y una antorcha. Juan chifla y los jóvenes salen de su escondite. Le entregan las mantas a Alitzel, la antorcha a Alfred. Juan saca unos cerillos de su bolsillo y también se los da al joven.

—Los militares van a pasar la noche en la pensión, no pueden regresar al pueblo —dice Juan, que disimula su preocupación. Sin embargo, Pedro no puede y añade:

—Están haciendo muchas preguntas. Al burro de Juan se le perdió uno de los cristales de tus lentes y los militares lo encontraron.

Juan se encoge de hombros sabiendo que cometió un error.

—Pues qué quieren, se me cayo al brincar por la ventana. Lo siento, Alfred.

—No te preocupes, lo hiciste por ayudarme. La foto, ¿la tienes?

Juan se la pide a Pedro y se la entrega a Alfred.

—Tenemos que hacer algo para que se vayan antes de que sigan haciendo más preguntas —dice Alfred.

Al día siguiente, desde muy temprano, los militares salen de la pensión. El sargento no está conforme con lo que pasó el día anterior con Juan, sabe que algo esconde, piensa que el cristal de los lentes puede ser la clave. Ambos caminan por el mercado interrogando a la gente. Se paran frente al puesto de Petra que rocía agua a su verdura.

El cabo pregunta a Petra si ha visto algún alemán por allí.

—¿Cómo es ese alemán?

—Todos son altos y de cabello amarillo. Creemos que su nombre puede ser Alfredo.

—¿Güero y alto? No.

Petra ve a María que se encuentra en su puesto de frutas.

—María, preguntan estos señores que si has visto a un güero alto.

—No.

—Ya ve, mi sargento, aquí no hay ningún alemán. Sólo estamos perdiendo el tiempo —dice el cabo.

El sargento juega con el cristal aventándolo al aire para cacharlo.

—Algo no me cuadra, la señora y sus hijos no me dan buena espina —dice para sus adentros el sargento.

—Por qué no nos vamos ya, hace mucho calor. Hay bichos, la gente no parece saber nada de nada, ni siquiera saben qué es un alemán —rezonga enfadado el cabo.

El sargento se limpia el sudor del cuello y después el de la cara.

—Sólo vamos a echar un vistazo a la carpintería, los chamacos dijeron que estarían ahí —dice el sargento. Piensa poner de pretexto entregar el vidrio de los anteojos para inspeccionar el lugar.

Mientras, Juan carga unas cubetas con pintura y Papá Alberto pinta unos maderos. Al ver entrar a los militares, Juan, nervioso, pone las cubetas en el suelo y su padre para de pintar.

—¿Qué quieren aquí? ¿Qué se les ofrece?

El sargento saca del bolsillo de la camisola el cristal y se lo muestra.

—Le traemos esto a su hijo. Sin sus lentes no ve, ¿o sí?

El sargento mira a Juan de una manera cínica.

—Es raro que sin los lentes no te hayas llevado un dedo en la carpintería.

Juan se acerca al sargento para tomar el cristal, pero el militar cierra su puño y no se lo da. Mientras, el cabo revisa la carpintería.

—Dame los lentes, yo te los arreglo. Dicen que soy bueno componiendo las cosas.

El sargento mira al cabo y sonríe de una manera maliciosa. Juan, enojado, saca de un cajón el armazón y se lo entrega.

Con apretones, el militar logra que el cristal entre en su lugar, pero algo llama su atención.

—Mira, mira. Y esto, ¿qué es?

Pasa su dedo por una de las patas de los lentes. Lo revisa con detenimiento.

—¿Ya vio esto, cabo?

El sargento pide al soldado que le dé la carta de Alfred. Miran la carta y después los lentes. Alberto y Juan no saben lo que pasa. Pedro los mira desde la puerta de la carpintería.

El sargento ve el nombre, Alfred Notni Wolf, a quien va dirigida la carta. Son las mismas iniciales que tienen los lentes: A.N.W.

Papá Alberto sabe que lo que está pasando no está bien, se acerca a Juan y le dice que a la cuenta de tres corra y se esconda con Alfred y Alitzel en la cueva. Cuando llega a tres, Juan está por correr, pero el Sargento lo atrapa del brazo.

—¿A dónde crees que vas? Entrégame a ese tal Alfredo, porque así es como se llama, ¿verdad?

—¿De qué me hablan? Yo no sé nada, ya se los dije.

Juan se sacude para soltarse, pero el sargento lo detiene con más fuerza. Papá Alberto intenta que suelten a su hijo. Inventa que él compró los lentes en un mercado en la ciudad. Molesto, el sargento dice que deje de mentir. Juan con la mirada le pide a su papá que no haga nada.

—Su hijo sabe dónde está el alemán que buscamos y nos lo va a decir si no quiere ir preso por encubrir al enemigo.

Papá Alberto empuja al militar tratando de liberar a Juan, pero el cabo enseña la pistola. Él se detiene impotente. El sargento da la orden al cabo para que ponga las esposas a Juan.

—¿Escuchaste? Te acusamos de cómplice y seguro te encierran —dice el soldado prepotente.

Pedro, que estaba viendo todo, sale corriendo asustado y nervioso hacia la cueva para avisar a Alfred y a Alitzel lo que está ocurriendo.

—Nos descubrieron y detuvieron a Juan.

Alfred no puede permitir lo que está pasando y pide a Pedro que lo lleve con ellos. Alitzel no quiere que vaya, pero él está decidido. Sabe que cuando se entregue, van a soltar al chico.

Los militares tienen a Juan esposado. Papá Alberto está frente a ellos. Intenta por todos los medios convencerlos para que lo suelten. El sargento sabe que es cuestión de tiempo para que Alfred se entregue. Mamá Chona llega corriendo a la carpintería. Pepe va con ella. A las puertas, ve que los militares se llevan a Juan. Desesperada, pide que suelten a su hijo, dice que él no ha hecho nada. El sargento parece disfrutar lo que está pasando, sabe que le van a dar una medalla por capturar a un alemán y Juan no va a ser un obstáculo.

—Su hijo es cómplice. Si quiere que lo suelte, me tiene que decir en dónde se esconde su amigo.

A lo lejos, las siluetas de Alfred, Alitzel y Pedro se ven cada vez más claras.

—Suelten a Juan, a quien buscan es a mí —contundente, grita Alfred.

Los militares voltean a verlo y sonríen.

—Mira quién llegó, nuestro amigo el alemán —dice victorioso el sargento.

—Ustedes no entienden nada. Yo sólo quiero vivir en paz —exclama Alfred.

—Qué paz ni que nada. Tu país ha matado a mucha gente y nosotros no queremos que eso pase aquí. —El sargento revisa con la mirada a Papá Alberto y a su familia.

—No todos somos como ellos. Muchos alemanes somos gente pacífica.

—Todos son iguales —dice el cabo.

El sargento ordena al cabo quitarle las esposas a Juan y ponérselas a Alfred.

Alitzel les pide que lo suelten.

—¡Él no es ningún enemigo!

—Eso lo tendrá que explicar en la capital.

Mamá Chona toma a Alitzel del brazo. Papá Alberto detiene a Juan y a Pedro que se acerca amenazante a los militares. Pepe, con miedo por lo que está pasando, se esconde detrás de su mamá. Hasta Mejen se mete por el cuello de la camisa del cabo, quien brinca y se mueve de un lado al otro tratando de sacar a la cigarra de su espalda. El sargento levanta la camisa del soldado, agarra con sus dedos a Mejen y avienta al insecto al suelo. Alfred quiere soltarse. La bota del militar amenaza con aplastar a la cigarra, pero Pepe pone su mano para salvarla y recibe el impacto. A Pepe se le salen lágrimas de dolor, recoge a Mejen y se la lleva con él.

—Deja ese bicho —dice el cabo amenazante.

Pepe se niega a hacerlo. El cabo se va contra él. Papá Alberto, Juan y Pedro están dispuestos a todo si al soldado se le ocurre hacerle algo.

—Ya deja al mocoso en paz. Ya tenemos lo que queremos —dice el sargento.

El soldado refunfuña enojado y aprieta las esposas con fuerza en las muñecas de Alfred.

Los militares encierran a Alfred en un cuarto de la pensión, cierran con llave y custodian la puerta. El cabo se pone los lentes de Alfred en señal de victoria.

—Deja de jugar con eso, dámelos —ordena el sargento.

—Bueno, está bien, pero no se enoje, sólo es un poco de buen humor.

Alfred camina por la habitación, pensando cómo salir de ahí.

Papá Alberto y su familia están afuera viendo a la ventana del cuarto en donde Alfred está prisionero.

Juan tiene una idea. Pide a Pepe que se trepe por la enredadera y afloje las bisagras de la ventana.

—Sólo tú puedes, hermanito. Eres el que menos pesa —le dice Alitzel con la esperanza de que llegue arriba.

Pepe aprieta el cinturón de su pantalón y se remanga la camisa.

Juan y Pedro hacen una escalera humana. Pepe trepa sobre ellos. El último tramo lo sube por la enredadera. Al llegar frente a la ventana, da pequeños golpes para que los militares no lo escuchen, quiere avisarle a Alfred que está ahí. Pepe enseña el desarmador y señala las bisagras. Alfred detiene el marco de la venta para que éste no caiga.

Mamá Chona y Papá Alberto cocinan. De las ollas de comida que hierven se desprenden suculentos olores. Ambos quieren llamar la atención de los militares, quienes, por la hora del día, han de tener hambre. Es una estrategia para que ambos abandonen su puesto en la puerta de la habitación y para que Alfred tenga una oportunidad para escapar.

El cabo olfatea el olor a comida y sus tripas hacen ruido.

—Tengo hambre, ¿usted no?

—Sí, pero no nos podemos mover de aquí.

El cabo insiste.

—No pasa nada.

—Te digo que no nos podemos mover de aquí, no seas terco.

—Si usted no quiere, yo sí voy a disfrutar de un sabroso plato de comida.

—Hazlo y te mando fusilar frente a un pelotón de diez hombres.

En eso, las tripas del sargento rugen de hambre, quien, ante el olor de la comida, cede a la tentación.

—Espérame, voy contigo. La verdad es que yo también tengo hambre, desde ayer no comemos. Sólo dale otra vuelta a la cerradura y tráete la llave.

Los militares entran en la cocina. Mamá Chona y Papá Alberto han logrado su cometido.

—¿Tendrá algo de esa comida buena que hace? —dice el cabo a Mamá Chona.

Papá Alberto ofrece a los militares unos platos vacíos.

Con un cucharón, Mamá Chona les sirve pollo en salsa roja con frijoles.

—Siéntense, ahorita les llevamos las tortillas.

Los militares jalan unas sillas y se sientan en una pequeña mesita en la cocina. El cabo agarra la pierna de pollo y da senda mordida. Papá Alberto pone un tortillero en la mesa. El sargento, más educado, toma una tortilla, la hace taco con el pollo y lo remoja en el caldillo. El cabo habla con la boca llena.

—Qué bueno está esto.

Mientras tanto, Pepe quita las bisagras, empuja la ventana y Alfred la jala poco a poco. Se escucha un ruido. Es el tronido de las bisagras oxidadas. Papá Alberto y el sargento escuchan el ruido.

—¿Escuchaste? —advierte el Sargento al cabo.

Como el cabo come de manera desagradable haciendo ruido con la boca mientras mastica, no logra escuchar nada.

—Yo no oí nada.

—Han de ser los chamacos, que juegan en la calle —dice Papá Alberto.

—¿Ya ve, mi sargento?, no es nada. Mejor coma.

Pepe baja a través de la escalera humana hecha con los cuerpos de Pedro y Juan. Alfred lo sigue, pero, de repente, Juan no soporta el peso y se tambalea haciendo que Alfred caiga al suelo.

Los militares escuchan y suben corriendo. El cabo mete la llave. Le cuesta trabajo abrir la puerta. Cuando por fin entran, Alfred no está. La cortina se mueve por el viento que entra por la venta. Al asomarse ven cómo éste escapa con los demás chicos.

El sargento y el cabo bajan corriendo las escaleras. Mamá Chona y Papá Alberto intentan distraerlos, pero esta vez no les funciona. Los militares salen como estampida de la pensión y van tras de ellos. Alfred, Alitzel y sus hermanos se adentran en la selva. Alfred los guía. Cada vez sus perseguidores están más cerca.

—Llévalos lejos de aquí. Yo tengo un plan —le dice Alfred a Juan.

Alitzel ve como Alfred se mete entre las plantas de la selva. Llama a los militares para que lo sigan. El sargento está por atraparlo cuando se abre el suelo. Cae en el interior de un cenote y se agarra de la ropa del cabo. Lo jala al interior con él. Sólo se escucha el zambullido de los hombres en el agua helada del cenote. Los militares nadan como pueden hasta una de las paredes y se agarran de una liana.

Alitzel y sus hermanos se acercan a Alfred que mira para adentro del cenote.

—¡Ayuda! ¡Estamos aquí!

El cabo intenta trepar por las paredes, pero resbala y cae sobre su compañero.

—¿Qué haces? Quítate de encima —le ordena enojado el sargento.

El frío del agua comienza a entumecer los cuerpos de ambos militares, al extremo de paralizarlos.

Se escuchan gritos de auxilio fuertes y desesperados.

—Alfred, ¿y si los dejamos ahí para que tengan su merecido? —Juan dice fuerte para que los militares lo escuchen.

—¡Sáquenos de aquí!

¿Creen que un alemán los pueda ayudar? Ustedes dicen que soy el enemigo —les dice Alfred.

—Sé que no estamos en posición de exigir nada. Te propongo algo.

—Te escucho.

—Si nos rescatas, haré todo lo posible para que te bajen la condena —dice el sargento disimulando su angustia, ya no siente partes de su cuerpo.

—¿Estás loco? Yo soy inocente y no debo pagar ninguna condena.

Las manos del sargento tiemblan de frío, apenas si se puede seguir sosteniendo de la liana, está por caer al agua. El tiempo apremia haciendo que la situación sea más compleja cada vez. Los militares se sienten más débiles. El cabo ya ni habla.

—Yo no soy un asesino. Los vamos a rescatar, pero tienes que prometerme que nos dejarán en libertad, regresarán a la capital diciendo que no encontraron a ningún alemán y nos dejarán en paz.

—Sabes que no puedo hacer eso.

Alitzel interviene diciendo:

—Recuerden que les queda menos de un minuto. Dentro de poco sus cuerpos se irán al fondo del cenote.

Tras unos segundos se escucha la voz del sargento responder:

—Ustedes ganan. Les prometo que nos iremos a la capital diciendo que no encontramos a ningún alemán y los dejaremos en paz. Pero ya sáquenos de aquí.

Alfred, Alitzel y sus hermanos sonríen. Ya tienen una liana preparada para sacarlos. Entre todos los jalan hasta que los militares están afuera, mojados, maltrechos y tiritando de frío.

—Pensamos que ahí moriríamos —dice el sargento.

—Aquí nadie los quiere. Sólo lo hicimos porque somos gente buena que quiere vivir en paz —les dice Alfred, serio.

El sargento baja la cabeza. Hace una seña con la mano para indicarle a su compañero que es hora de irse.

—Esperen. Tienen algo que me pertenece —dice Alfred.

El sargento saca los lentes de la bolsa de su camisola y se los entrega a Alfred.

—Mi carta también.

El cabo le da el papel mojado.

—Ahora sí, váyanse. No los queremos ver nunca más por aquí —les dice impositivo Alfred.

Los militares se suben a su camión y aceleran para alejarse lo antes posible de ahí. Alfred, Alitzel y los muchachos festejan con Mamá Chona y Papá Alberto.

EL CANTO DE LA SELVA

Todos están en la carpintería, terminaron de restaurar el piano. Lo miran, no pueden creer el trabajo que hicieron, quedó mejor de lo que imaginaron. Alfred afina una que otra cuerda y después saca de su bolsillo la carta que traían los militares, él no la ha leído. Se hace el silencio. Todos tienen puesta la mirada en Alfred y la carta. El joven, indeciso, no sabe si abrirla. Toma un respiro y se atreve.

Querido hijo:

La guerra ha terminado. Me alivia pensar que no habrá más muertes en nombre del sacrificio de los pueblos. Alemania fue devastada. De nuestro querido Dresden no ha quedado piedra sobre piedra. Los vencedores se repartieron la ciudad y Rusia es la dueña de nuestra libertad. Quisiera que estuvieras con nosotros, pero te mereces esa selva mexicana que canta. Yo estaré bien sabiendo que en ti hay paz. Ama y entrega lo que aprendiste de tu familia. Algún día nuestro Dresden encontrará la paz de una Alemania unida por el amor. Que la música de los bosques alemanes y de la selva mexicana canten el sonido de tu libertad. Honra tu oficio y afina tu oído con dedicación. Te amo, hijo. Recuerda, nunca te olvido.

Eric Notni Wolf

Es un momento emotivo. Alitzel se limpia una lágrima que recorre su mejilla. Juan se voltea para hacer lo mismo. Pedro tiene mirada triste. Pepe se acerca a Alitzel y le toma la mano. Papá Alberto se aproxima a Alfred que ve el piano restaurado, y le da una cariñosa palmadita en la espalda.

—Gracias a todos. Ahora, por favor, ayúdenme —dice Alfred aún con sus sentimientos encontrados.

Alfred empuja el piano. Juan, Pedro y Papá Alberto se ponen a su lado y entre todos lo ayudan. Alitzel y Pepe abren la puerta de la carpintería. Empujan el piano por la calle principal del pueblo. Alitzel va con Pepe. Mamá Chona los ve pasar y se les une.

Ponen el piano en el mismo lugar donde escuchó por primera vez a los insectos de la selva. Jala un tronco, se sienta y respira profundo. Cierra los ojos, inspirado. La gente del pueblo llega con antorchas, iluminando el lugar.

Alfred comienza a tocar una melancólica melodía alemana. Alitzel se sienta a su lado y le da un beso en la mejilla. Pone sus manos en el piano y comienza a tocar algo alegre. Alfred sonríe y la acompaña a cuatro manos. Mejen se posa en el piano, y comienza un coro de insectos que zumban, aves que cantan y demás sonidos de la selva.

El canto de los insectos
terminó de imprimirse en 2022
en los talleres de Litográfica Ingramex, S.A. de C.V.,
Centeno 162-1, colonia Granjas Esmeralda,
alcaldía Iztapalapa, 09810, Ciudad de México.